KB041062

"에밀리오라고 불러줘.
남들한테는――[소재상]이라고
불리고 있어. [보모] 윤."

에밀리오 *Emilio*

[연금]과 [합성]을 사용하여 몹을 조종하는
솔로 플레이어. 특수무기 [연접검]을 사용한다.
윤의 앞에 가면을 쓴 채로 등장하는데――?

Only Sense
온리 센스 온라인
Online 04

———〈스팀 필러〉.

세이는 초고압고온의 스팀을
일으켜서 고도리인을 태웠다!

"우리랑 파티 짜고
던전에 모험하러 안 갈래.
아가씨?"

세이 Sei
윤의 리얼 누나. [팔백만]의 멤버이기도 하다.
마법직으로서의 실력자면서 '물욕 센서'로
고생하는데——?

미카즈치 Mikaduchi
OSO 최대의 종합 길드 [팔백만]의 길드마스터.
봉술 타격을 주체로 한 근접전투를 특기로 삼으며
탁월한 전투능력을 자랑한다.

나무에서 한 걸음
멀어지려고 하자, 우리를
포위하듯이 또 수십 마리의
언데드가 지면에서
기어나왔다

"아니, 이 숫자의 적을
상대하는 건
너무 힘들잖아.
두근두근해!"

뮤우 *Myu*
윤의 리얼 여동생으로 성기사.
잘 나가던 뮤우에게 최대의 난관이
가로막는데——?

온리 센스 온라인
4

아로하자초 지음 | **유키상** 일러스트 | **한신남** 옮김

커버 그림, 본문 일러스트 | **유키상**

Only Sense Online
PK와 레이드 퀘스트

서장 » 생산 길드와 제충향 ///////////////////////// p009

1장 » 습지대와 다크맨 ///////////////////////// p023

2장 » 길드 권유와 은신 ///////////////////////// p051

3장 » 트렌트와 연금 몹 ///////////////////////// p079

4장 » 초심자 플레이어와 소재상 ///////////////////////// p110

5장 » 도등화와 요석 ///////////////////////// p150

6장 » 물욕 센서와 옥염대 ///////////////////////// p209

종장 » 의욕과 PVP ///////////////////////// p251

작가 후기 ///////////////////////// p260

센스 구성 데이터 ///////////////////////// p264

Only Sense Online 온리센스 온라인 04

윤　Yun

최고로 인기 없는 무기 [활]을 택해버린 초심자 플레이어. 수습 생산직으로서 부가 마법이나 아이템 생산의 가능성을 깨닫기 시작하고 ──

뮤우　Myu

윤의 리얼 여동생. 한 손 검과 광 마법을 다루는 성기사로 완전 전위형. 베타판에서는 전설이 될 정도의 치트급 플레이어.

마기　Magi

톱 생산직 중 한 명으로 플레이어들 중에서도 유명한 무기 장인. 윤의 든든한 선배로 충고를 해준다.

세이　Sei

윤의 리얼 누나. 베타판부터 플레이어한 최강 클래스의 마법사. 수 속성을 주로 다루고 모든 등급의 마법을 구사한다.

타쿠　Taku

윤을 OSO로 끌어들인 장본인. 한 손 검을 다루고 경갑옷을 장비하는 검사. 공략에 애쓰는 정통파 플레이어.

클로드　Cloude

재봉사. 톱 생산직 중 한 명으로 의복류 장비품 가게의 주인. 윤이나 마기의 오리지널 장비 클로드 시리즈를 만들었다.

리리　Lyly

톱 생산직 중 한 명으로 일류 목공 기술자. 지팡이나 활 등의 수제 장비는 많은 플레이어에게 인기를 얻고 있다.

서장 생산 길드와 제충향

"── 그래서 말이지. 도등화 나무가 있는 곳까지 가서 꽃잎을 손에 넣었거든."

"도등화? 그게 뭔데?"

"미우한테 못 들었어? 미우네도 호러 케이프를 넘어서 도등화 나무에 도달했다고 그랬는데."

나는 모른다며 고개를 내저었다.

"도등화 나무는 언덕 위에 홀로 서 있는 복숭아색 등나무 꽃 같은 꽃을 피우는 나무인데, 언제 가도 만개해 있지."

"헤에~. 꽃구경에는 딱 좋겠네."

주당이 달빛을 받으며 한잔 할 수도 있겠군. 그런 생각을 하다가 내가 또 요리에 내몰릴 것 같아서 얼른 그 생각을 지웠다.

"아, 무리야. 거기는 몹 리젠 속도가 빨라. 그러니까 꽃구경할 여유가 없어. 있다고 해도 벚꽃 잎이 아니라 피의 꽃이 휘날린다고 할까?"

"식사 때는 듣고 싶지 않은 단어로군."

학교 점심시간. 많은 학생들이 점심을 먹는 가운데 우리도 어김없이 점심을 먹다가 튀어나온 흉흉한 단어에 고개를 내저었다.

"출현하는 몹을 일소하면 도등화 나무에서 꽃잎이 한 사람당 하나씩 들어와."

"무슨 퀘스트 아이템?"

"아니, 딱 한 번 HP 1 상태로 소생시켜주는 하급 소생 아이템이야. 그렇긴 해도 슌의 도시락은 여전히 영양 밸런스를 생각하고 만드네."

"말 돌리지 마. 아니, 미우한테 점심 맡기면 어떻게 될지 알잖아."

"아, 뭐, 나도 비슷한 쪽이니까 뭐라고 할 수 없지만……."

눈앞의 친구 타쿠미가 내 도시락을 부러운 눈으로 바라보면서 매점에서 사온 빵을 덥썩덥썩 먹고 주스로 넘겼다.

그 영양 밸런스가 엉망이라서 얼굴을 찌푸리는 동시에 하루 이틀 지낸 사이가 아니기에 타쿠미가 왜 그런 걸 사왔는지도 잘 알았다.

"OSO를 하면서 다른 게임을 할 시간이 대체 어떻게 나오는 거야?"

"그건 쥐어짜내는 거지."

"쥐어짜내다니, 너 말이지……"

한숨이 다 나왔다. 그래, 타쿠미는 원하는 게임을 살 돈을 점심값에서 만드는 것이다. 게다가 VRMMO까지 계속하니까 상당한 폐인 게이머다.

그리고 내 여동생인 미우도 마찬가지로 폐인 게이머. 내가 편하겠다고 도시락 대신 돈을 줬다간 같은 결과가 되리란 사실은 이 남자를 보고 잘 알았다. 그렇기 때문에 나는 매일 아침 2인분의 도시락을 만들어서 학교에 등교한다.

"남의 일처럼 말하지만, 너도 꽤나 열심인 거 아니까."

"……무슨 소리야?"

"미우한테 들었는데, 한가할 때는 항상 로그인한다면서?"

살짝 야유 어린 미소를 짓는 타쿠미.

얼굴을 맞댄 우리 사이에 그림자가 끼어들고, 머리 위쪽에서 소녀의 목소리가 들려왔다.

"그래. 한가하다는 건 할 일을 다 했다는 소리야. 타쿠미."

올려다보니 거기에는 목소리의 주인인 한 여학생이 서 있었다.

"어, 엔도."

"엔도가 왔다는 소리는 또 제출 기한인가."

장발을 하나로 땋아서 왼쪽 어깨 앞으로 늘어뜨렸고, 아래쪽 절반에만 테가 있는 안경에 기승스럽게 곤두선 눈. 표정은 부드럽지만, 기가 세다는 인상 탓에 빠릿빠릿하고 성실한 성격을 연상할 수 있는 그녀는 학급위원인 엔도다.

"그래. 오늘 제출해야 하는 고전 숙제. 아직 안 냈잖아. 일단 확인하러 왔어."

"슌. 살려주라!"

"……타쿠미. 내 숙제는 이미 제출했으니까 보여줄 수 없지만, 가르쳐주긴 할 테니까."

"좋아! 다음 쉬는 시간에 제출할게!"

"그 기간은 뭐야?"

"방과 후에 교무실에 냈다간 그만큼 게임할 시간이 없어지잖아."

"너 진짜……."

내가 타쿠미의 대답에 한숨을 내쉬자, 엔도가 가볍게 웃으면서 '슌은 고생도 많아'라고 한마디 하였다.

"정말이지 왜 슌이랑 타쿠미처럼 성격이 다른 두 사람이 친한 걸까?"

"그건 나도 신기해."

"뭐, 슌은 이러니저러니 해도 남을 잘 돌봐주니까."

"네가 할 말이냐."

나를 두둔하는 타쿠미에게 그렇게 불평하자, 엔도도 동의하였다.

"슌이 있어서 다행이야. 혹시 없었으면 내가 타쿠미의 숙제가 끝날 때까지 감시해야 하잖아. 슌이 있으면 억지로라도 끝내게 해주니까 고마워."

그런 말을 들어도 미묘한 웃음이 나올 뿐이었다.

"자, 슌. 점심 다 먹었으니까 가르쳐줘!"

"그래, 알았다. 잠깐만 기다려."

타쿠미가 꺼낸 숙제를 살펴보았다. 어디를 모르는지, 어디가 어려운지 생각하게 하고 최대한 자기 힘으로 풀게 할 생각이었다. 모르는 곳은 슬쩍 답을 가르쳐주기도 하고. 그리고 그런 타쿠미의 모습을 바라보는 엔도가 문득 시야에 들어왔다.

안경 안쪽의 눈을 가늘게 뜨고 진지한 표정을 하는 엔도. 타쿠미가 노트에 샤프를 움직이는 소리가 울리는 동안, 이 자리에는 침묵이 퍼지고 주위의 잡음이 멀게 느껴졌다.

"……."

"……엔도?"

"분명히 시작했나 보네. 그럼 뒷일은 부탁할게."

타쿠미가 숙제를 시작한 걸 확인했다는 느낌으로 손을 흔들며 자리에서 멀어지는 엔도. 타쿠미를 바라보는 표정이 진지했기에 그 갭에 당황했다.

"슌. 다음, 여기 가르쳐 줘."

"어, 그래……."

왠지 답답한 기분인 채로 타쿠미의 숙제를 거들어주었다. 타쿠미는 자기가 선언한 대로 5교시 수업이 끝난 뒤의 쉬는 시간에 숙제를 제출하였고, 방과 후에는 전력으로 집으로 돌아갔다.

"참나. 친구를 두고 그냥 가냐. 뭐, 저녁 찬거리를 사러 가야 하니까 어쩔 수 없지만. 오늘 저녁에는 뭘 만들까."

슈퍼에서 식재료를 살 때 문득 머릿속에 엔도의 진지한 표정이 스쳤다.

곧잘 타쿠미에게 말을 걸고 신경도 써준다. 학급위원으로서의 역할을 다하는 거겠지만 혹시 ——

"혹시 엔도는 타쿠미를……."

좋아하나? 아니, 설마. 그건 아니지. 혼자 쓴웃음을 지으며 장을 다 본 뒤에 귀가했다.

나는 식재료를 정리하고 망설임 없이 내 방으로 향했다.

침대 옆에 놓인 VR 기어를 장착하고 침대에 누웠다. 눈을 감고 로그인하였다.

●

"여러분의 조력 덕분에 무사히 [생산 길드]의 길드 회관이 완성되었습니다. 길드도 설립했고, 이제 운영을 시작하는 것만 남았습니다만, 그전에 성대하게 놀아보죠! —— 건배!"

"""—— 건배!"""

내가 지금 있는 장소, 커다란 홀과 나무 카운터가 놓인 건물 내부에서는 많은 테이블이 준비되고 수많은 요리나 과자가 차려졌다.

여기는 길드 회관이라고 명명된 [생산 길드]의 거점이다. 외관은 주위 건물보다 곱절은 큰 3층짜리 건물로, 붉게 칠한 기둥과 간판이 눈에 띄었다. 하지만 외관보다 주목할 것은 그 내부다.

최대한까지 아공간이 확장된 길드 룸은 외관의 두 배 이상으로 넓고, 지금 이 홀에서는 상당수의 생산직 플레이어가 모였다.

"조만간 NPC가 일하고 소재 아이템이 거래되겠지."

아직 본격적으로 가동하지 않지만, 아이템의 융통에 편리하도록 소재 유통을 일원화하고 생산직에게서 대리 판매를 하는 —— [생산 길드].

그 외에도 생산시설이 없는 개인 플레이어를 위한 공동생산소나 생산체험 코너나 생산 초심자에 대한 지원 등이 있을 예정이다.

그리고 나는 2층의 테라스에서 각기 즐겁게 담소를 나누는 플레이어들을 바라보았다.

"윤 군, 내 건배사 어땠어?"

테라스의 난간에서 목소리 방향을 돌아보자 낯익은 인물이 서 있었다.

"마기 씨의 모습 잘 봤어요. 당당한 모습이라 좋았어요. 하지만 나를 초대해도 되나요? 외부인인데?"

"괜찮아. 여기 있는 사람 중 대부분이 외부인이니까. 하지만 윤 군과의 공통점이 있다면…… 공동출자자란 점일까."

마기 씨의 말을 듣고 '그럼 안심이에요'라고 대답했다. 오늘 저녁 시간대에 파티에 초대받았기 때문에 꼭 참가해서 마기 씨에게 이 말을 하고 싶었다.

"오늘 초대해주셔서 감사합니다. 그리고 —— [생산 길드]의 설립과 길드 마스터 취임, 축하드립니다."

"고마워, 윤 군. 하지만 정말로 왜 이렇게 되었을까? 서브 마스터는 클로드이니깐, 난 죄다 클로드한테 떠넘길 거야."

웃는 마기 씨에게 나는 그래도 좋을 거라고 찬성했다.

15

"야호~, 윤찌. 모두에게 인사하고 왔어."

나와 마기 씨가 대화하는 걸 보고 리리가 다가왔다.

"리리도 여기 왔구나. 그런데 클로드는?"

"크로찌는 다른 생산직 사람들에게 보고와 인사를 하고 있어. 파티 중에도 이벤트 이야기를 할 예정. 그리고 나는 나대로 돌다가 윤찌한테 온 거야."

클로드의 활동을 듣고 꼼꼼하다고 중얼거렸다. 역시 클로드 쪽이 길드 마스터로서의 사무 능력이 높은 듯하다. 그렇긴 한데 ——

"뭐, 클로드가 남의 위에 서는 것보다는 마기 씨처럼 인상적이고 밝은 사람이 우두머리인 편이 알기 쉽겠고."

"아, 그거 이해돼. 크로찌는 그림자의 지배자라든가 참모 같은 게 어울릴 것 같아."

"그래, 그래. 계획대로, 라고 중얼거리고, 마기 따윈 결국 그림자에 불과하다, 이 길드의 진정한 지배자는 나다! 같은 말을 할 것 같아. 나는 결국 인형인가."

묘하게 절절한 분위기로 중얼거리는 마기 씨. 그 농담에 나와 리리는 살짝 웃음을 터뜨렸다. 클로드의 연극조의 포즈와 언동이 너무 잘 어울려서 쉽사리 상상할 수 있었기 때문이다.

"뭐, 서론은 이쯤 할까."

"그리고 두 사람은 인사 말고도 할 일이 있죠?"

"역시 알겠어?"

겸연쩍은 듯이 말하는 두 사람은 곧 본론을 꺼냈다.

"윤 군의 귀에도 이미 닿았겠지만, 이벤트 이야기가."

"예. [생산 길드] 주최의 이벤트를 이틀에 걸쳐 개최한다는 거 말이죠."

[생산 길드]의 설립 기념과 선전을 겸하여서 대대적으로 할 예정인 이벤트.

여러 아이템을 팔고 이 길드 회관에서 옥션을 개최, 그 외에도 스테이지 쇼나 PVP 등의 이벤트도 기획되었다고 들었다.

"그래. 그리고 이벤트를 더 띄우기 위해서 재미있을 만한 아이템이 없을까 하고 윤찌한테 물으러 왔어."

"재미있을 만한 아이템……."

"응. [메이킹박스]를 가진 윤찌라면 평범하지 않은 아이템도 가지고 있을 것 같고."

리리의 말처럼 분명히 다소 실용성이 결여된 레시피의 소재는 가지고 있지만, 나로서는 재미있을지 판단할 수 없다.

"으음. 재미있는 소재나 아이템이라. 독약 같은 상태이상약 같은 거? 그거 말고는 레시피이긴 하지만 [제충향]이랑 [식인의 비약]이랑 [발모약], 그리고…… [매료의 향수]일까?"

"상태이상약은 범용성이 좋아. 어라? 마기찌, 얼굴이 빨간데?"

"어?! 어, 응. 리리. 아무것도 아냐!"

얼굴을 붉힌 마기 씨의 모습에 그 이유를 아는 나는 왠지 머쓱해졌다.

그건 지난번의 일이다.

뮤우와 함께 용도 불명의 생산소재를 사용해본 실험. 신중한 나와 달리 행동파인 뮤우가 재촉하는 대로 만들어본 포션의 실험 도중 ——

복수의 포션을 써도 자각할 만큼 강한 효과를 얻을 수 없었던 실험에서 마지막 약을 마셨을 때 변화는 일었다.

—— 두근 하고 심장이 한 차례 세게 울리는 듯한 강한 고동. 온몸이 뜨거워져서 서 있기도 힘들어지는 바람에 그 자리에 주저앉았다.

"언니?!"

"허억허억……. 괜찮아. 하지만 왠지."

몽롱한 의식 속에서 뮤우가 내 어깨를 붙잡고 부축해주었다. 메뉴에는 [매료]의 상태이상이 표시되었다. 마지막 건 상태이상약이었나……. 그렇게 느긋하게 고찰하는데 눈앞의 뮤우에게도 변화가 일어났다.

"어, 언니. 왠지 기분이 이상해져! 이거 왜 이래!"

뮤우의 눈이 왠지 진지한 빛을 띠고 내 어깨를 붙잡은 손에 힘을 주어 바닥으로 넘어뜨렸다.

"아니, 뭐야?!"

"뭐지? 나도 [매료]인가? 멈출 수가 없어."

그대로 내 위를 뒤덮듯이 올라타는 뮤우는 숨을 얕고 빠르게 내쉬었다.

나는 뭔가 엄청난 위험을 느끼기 시작하여 뮤우를 밀어내려고 했다. 하지만 스테이터스의 차이 때문에 완전히 붙잡힌 나는 저항할 수 없었다.

"안녕, 윤 군. 할 이야기가 좀 있는데……. 아."

"어……, 마, 마기 씨?"

"아니, 동생과의 스, 스킨십이구나. 저기, 방해해서 미안!"

이렇게 마기 씨에게 관한 오해를 사서 얼마 전에야 간신히 그걸 풀었다. 그 기억이 아직도 다 소화되지 않은 거겠지. 나도 떠올리고 싶지 않기에 얼른 이야기를 진행시켰다.

"만들 수 있는 레시피 중에선 앞쪽의 두 개인데."

[제충향]은 곤충 계열 몹을 쫓아내는 효과가, 그리고 [식인의 비약]은 식재료 아이템에 섞으면 스테이터스를 30분 정도 상승시키고 그동안의 만복도 감소속도를 빠르게 만드는 효과가 있다.

"대충 이런 느낌의 효과야."

"그렇구나. [제충향]은 재미있을지도."

"그래? 효과를 조절하면 [식인의 비약] 쪽이 대단한데?"

"예를 들자면?"

아직 얼굴이 다소 붉지만 복귀한 마기 씨가 묻기에 [식인의 비약]의 효과를 단적으로 말했다.

[식인의 비약]의 설정은 체내에서 약을 조합하여서 식사로 얻은 에너지를 효율 좋게 폭발시켜서 힘으로 만든다, 라는 물건이다.

스테이터스는 분명히 상승한다. 하지만 조합 비율이 어긋나면 싸울 틈도 없을 정도의 속도로 만복도가 감소하게 되니까, 비약의 효과가 떨어질 때까지 계속 먹어대지 않으면 아사하게 되는 상태가 된다.

"즉 만복도의 감소 효과를 최대로 하면 계속 먹어댈 뿐인 머신이 돼."

"우와……. 독보다 더하네. 윤찌, 왜 무서운 아이템을 가지고 있어?"

"나도 몰라. 하지만 이건 여러 의미로 사용하고 싶지 않아."

"나도 그렇게 생각해. 위험한 아이템이야. 아직 일반 플레이어에게는 일러."

셋의 일치된 의견으로 [식인의 비약]은 쓰지 않는 쪽이 되었다.

그러면 재현 가능한 레시피는 [제충향]뿐인데, 리리는 뭔가 아이디어가 떠올랐는지 흥미 어린 표정으로 싱글싱글 웃었다.

"하지만 [제충향]뿐이라도 괜찮은 이벤트가 되겠어. 응, 크로찌한테 이야기하고 올게."

그렇게 말하더니 우리한테는 무슨 아이디어인지 말하지 않고 달려가는 리리의 뒷모습을 바라보았다.

"리리, 가버렸네."

"그러네요. 그럼 나도 이만 슬슬 실례할게요."

"어?! 파티는 이제 시작했는데?"

"초대받았으니까 축하의 말과 얼굴 좀 보러 왔을 뿐이에요. 이다음에 저녁 식사 준비를 해야 해서."

"아, 그런가. 뮤우의 언니지."

그러니까 나는 남자라고요. 언제나처럼 그렇게 한마디 하려고 했지만, 어쩔 수 없는 일이기에 혼자서 이해하였다.

"그렇다면, 오늘은 와준 것만으로도 고마워."

"아뇨, 이야기할 수 있어서 좋았어요."

인사를 나누고 마기 씨는 다른 생산직 플레이어들과 인사하러 돌아갔다. 그 모습을 바라본 뒤에 나는 로그아웃하였다.

1장   습지대와 다크맨

제1마을의 남쪽에 위치한 [아트리엘]은 포션 등의 회복약이나 샌드위치 같은 식료품 아이템을 다루는 작은 가게다.

그리고 그 가게의 뒤편에는 작게나마 밭이 있어서 여러 종류의 약초를 재배하고 있었다.

"쿄코. 오늘 수확은 어때?"

"약초 등 외부에서 입수 가능한 소재는 일단 재배를 멈추고, [메이킹박스]에서 산출된 소재와 상태이상 계열의 독초, 하이포션과 MP 포션의 소재를 균등하게 키우고 있습니다."

"그래, 고마워. 여태까지 모은 약초의 재고도 있으니까 문제없어. 일단 [메이킹박스]에서 나온 소재를 어느 정도 늘리거든 원래대로 되돌리자."

"알겠습니다."

애교 있는 미소를 지으며 작업에 돌아가는 NPC 쿄코. 작업하는 뒷모습을 보며 나도 내 작업장인 [아트리엘]의 공방에 들어갔다.

최근에는 [언어학] 센스를 사용하여 생산 레시피를 모으기 때문에 노트에는 몇몇 아이템의 레시피가 기재되었다.

그 아이템의 레시피와 소재를 보면서 나는 중얼거렸다.

"역시 지금 이대로 가다간 사용 범위 안의 소재로 한정돼. 다른 플레이어가 가져오는 걸 기다리는 것도 한 가지 방법이지만, 가능하면 스스로 찾고 싶은데."

OSO를 시작할 무렵부터 항상 필드를 돌아다니며 소재를 모았기 때문에 그런 마음이 강하다.

"게다가 지금 가고 싶은 장소에는 여러모로 재미있는 몹이 있지. 그 안쪽 마을에도 갈 수 있으면 좋겠는데."

목적을 정리하자면, 소재의 채취, 점찍은 몹과의 접촉, 새로운 마을에 도달. 이 세 가지다. 에어리어의 상황을 보자면 어느 적에게 주의하면 될까 등의 가늠이 서니까 솔로잉 때를 위한 정찰이라는 의미도 있다.

그리고 그러기 위해 나는 이전에도 사용했던 방법으로 행동범위의 확대를 노린다.

"윤 언니, 나 왔어!"

"그냥 평범하게 말을 걸면 될 것을."

작은 쓴웃음과 함께 소재 정리를 멈추고 [아트리엘]의 점포 구역으로 돌아갔다. 거기에는 사전에 연락해두었던 뮤우네 파티가 기다리고 있었다.

"미안해. 또 너희에게 부탁하게 됐어."

"신경 쓰지 마세요. 보수는 확실히 받으니까요."

내 말에 미소를 지으면서 대답하는 루카토.

나는 제2마을로 가기 위해서 뮤우네 파티와 함께 동쪽의 보스 블레이드 리저드를 돌파했다. 그때는 트러블에 휘말리거나 나까지 보스와 싸우는 꼴이 되는 등 여러 일이 있었는데, 기본은 내가 뮤우네 파티에게 일시적으로 묻어가는 형태의 보스 공략이었다.

"정말로 보수는 지난번과 마찬가지로 하이 포션과 MP 포션 세트로 괜찮아?"

"예. 전투가 많은 파티라서 아무리 많아도 부족할 정도입니다."

루카토와의 잡담 같은 내용에 나는 쓴웃음을 지으며 보수의 선금과 전투에 필요한 아이템으로 하이 포션을 비롯한 회복 아이템을 넉넉하게 넘겨주었다.

"……윤 씨도 이름이 알려지기 시작했으니까 우리가 아니라 다른 방법을 택할 수 있지 않습니까?"

나와 루카토의 사무적인 회의에 끼어든 것은 파티의 척후를 맡은 토우토비다. 어딘가 불안한 듯이 묻는 모습에 고개를 갸웃거렸다.

"다른 방법?"

"윤 씨라면 마기 씨나 클로드 씨 등과도 친하지 않나요?? 그런 쪽으로 해서 우리보다 더 좋은 호위를 고용할 수 있지 않습니까?"

"아, 그런 소린가."

말수가 적은 토우토비를 돕듯이 히노가 말을 보탰다.

분명히 복수 파티를 짜서 대대로 이동하는 거라면 가능하고, 한 번에 여러 명의 생산직 플레이어를 안전하게 호송할 수 있다.

공투 페널티를 회피하면서 잔챙이 토벌 파티나 보스에 특화된 파티, 전투에 걸리지 않은 상태로 힐을 넣는 사람 등, 여러 지원으로 안전하게 이송할 수 있는 것은 메리트다.

하지만 당연히 디메리트도 존재한다.

"으음, 뭐라고 해야 할까. 그건 내 성미에 안 맞아."

"……성미에 안 맞는다?"

불안한 듯이 눈썹을 늘어뜨렸던 토우토비가 놀란 표정을 지었다. 그 표정이 왠지 귀엽고 웃겨서 살짝 웃었다.

"그래. 그 정도의 호위 태세를 갖추려면 상당한 계획과 시간적인 제약이 필요하겠지? 게다가 그 보수로는 상당히 많은 돈이 필요해. 뭐, 거기에 참가하는 생산직 플레이어들이 나눠서 내지만."

"……그런가요."

"그리고 하나 더. 이게 가장 큰 이유."

내가 '가장 큰'이라고 말할 만한 내용에 전원이 흥미를 보였다. 하지만 그렇게 대단한 이유는 아니다. 그저 단순히 내취향 문제다.

"너무 여럿이면 멋이 없잖아? 나는 느긋하게 다니는 게 편해서 좋아."

"후후후, 윤 씨다운 생각이네요. 그런 거 마음에 들어요."

"그래. 역시 뮤우랑 자매인 만큼 성격이 너글너글해."

리레이와 코하쿠의 반응에 내 어디가 그러냐고 한소리 하고 싶어졌다. 하지만 이렇게 떠들어대고만 있으면 모험에 나설 수도 없다.

"예이, 예이. 그럼 슬슬 갈까요. 윤 씨, 행선지는 습지대면 되죠?"

루카토가 타이밍을 재어서 내게 말을 돌렸다. 본래 목적을 잊을 뻔했다고 반성하면서 전원에게 말했다.

"목적은 제1마을의 남부, 습지대야. 뭐, [아트리엘]에서 가까우니까 느긋하게 갈 예정이지만."

목적을 가지고 파티를 짠 모험이다. 지난번에는 리레이가 파티에서 빠져서 내 호위에 따라왔지만, 이번에는 파티의 눈인 토우토비가 빠질 예정이다.

제1마을 외곽에 펼쳐진 평원에서 비선공 몹인 초식동물을 구경하면서 습지대의 입구까지 도달했다.

"그럼 저는 수색에 전념하겠습니다만, 윤 씨도 조심하세요."

"알았어."

"그럼 토비. 잘 부탁해."

토우토비가 혼자 선행하여 안전을 확인하는 뒷모습을 향해 뮤우가 손을 흔들었다.

나도 토우토비가 시키는 대로 주위에 주의를 기울였는데…….

"……왠지 시선이랄까? 그런 게 많이 느껴지는데."

어딘지는 확실하지 않지만, 분명히 느껴진다. 찐득하고 무기질한 시선이라서 당장 습격해올 것 같진 않지만, 적 몹의 모습이 전혀 보이지 않았다.

"여기 몹은 여러모로 까다로우니까요."

"1시 방향에 숫자 3."

일단 돌아온 토우토비가 짧게 정보를 전달하고 또 안쪽으로 선행했다. 그 말에 따라 전진하자, 분명히 토우토비가 말한 방향에서 내 [발견] 센스에 뭔가가 걸렸다.

그 직후에 지면에서 뭔가가 튀어나오고 허리에 늘어뜨린 검으로 베어내는 루카토. 그리고 물이 얕게 깔린 습지에 불기둥을 만들어내는 리레이. 순식간에 물이 증발하고 지면을 말리는 화력에 눈을 치떴지만, 그렇게 불탄 흔적에서 이미 몹이 소멸한 증거인 빛의 입자가 흩어졌다.

"뭐, 뭐야?!"

"아, 다가온 것에 반응했겠죠. 윤 씨는 반응할 수 있었나요?"

"아, 아니. 전혀. 뭔가 있나? 싶은 정도라서."

"윤 언니. 센스 레벨이 낮아? 아니면 센스 성장을 안 시켰어?"

뮤우의 지적에 일단 메뉴에서 센스 스테이터스를 확인했다.

몇몇 센스의 성장과 파생이 가능했다.

"지금 두 개 딸 수 있는데."

일단 [활] 센스가 레벨 30을 넘어서 몇몇 종류의 활 계열 센스로 파생이 가능했다. 내 무기인 [검은 소녀의 장궁]은 그 이름처럼 장궁으로 분류되기 때문에 SP를 2 소비해서 [

장궁] 센스를 취득했다.

그리고 또 하나는 [발견] 센스가 레벨 30이 되었기에 상위 센스인 [간파]로 성장시킬 수 있었다. 이쪽은 예전 센스가 소멸되지만, 보다 강력한 패시브 효과를 얻을 수 있고 [장궁]과 같은 SP 소비로 취득 가능했다.

소지 SP 21

[활 Lv31] [장궁 Lv1] [매의 눈 Lv42] [속도 상승 Lv23] [간파 Lv1] [마법 재능 Lv42]

[마력 Lv45] [부가술 Lv18] [조약 Lv24] [지 속성 재능 Lv14]

대기

[연금 Lv30] [합성 Lv30] [조금 Lv1] [수영 Lv13] [생산의 소양 Lv32] [조교 Lv6]

[언어학 LV15] [요리 Lv21]

센스를 일단 조정하고서 그 상황을 뮤우네 파티에게 말했다.

"센스 두 개가 레벨 1인가. 그 바람에 스테이터스도 떨어졌어. 어떻게 하지?"

뮤우가 그렇게 평가를 내렸지만, [발견] 센스를 [간파]로 성장시켰기에 여태까지 볼 수 없었던 몹이나 숨겨진 광석 채굴 포인트 등을 볼 수 있어서 나로서는 만족이었다. 이런 발견이 있으니까 필드 워크는 즐겁다.

"잠깐만, 윤 언니. 듣고 있어? 참나……."

"자, 자, 뮤우. 윤 씨도 생각하는 바가 있으니까."

허리에 손을 짚고 한숨을 내쉬는 뮤우를 히노가 다독였다.

다시금 척후인 토우토비가 돌아와서 새로운 정보를 전달하였다.

"이 앞에 트렌트가 있습니다. 어쩔까요?"

"트렌트라. 윤 언니가 있으니까 이번에는 패스."

"예, 그러죠."

토우토비의 보고를 듣고 그렇게 판단하는 뮤우와 동의하는 루카토. 하지만 한편, 다른 의견이 있었다.

"잠깐 기다려! 트렌트는 발견하기 어려운 몹이야! 우연이라고 해도 발견했으면 없애는 게 좋아! 꼭!"

"후후후, 드랍 소재는 우리 마법사의 지팡이에 최적인 소재. 가능하다면 확보해두고 싶네요."

뮤우, 루카토의 회피파와 코하쿠, 리레이의 토벌파로 의견이 갈렸다.

"어어……. 어쩌지, 토비?"

"……글쎄요."

판단을 내리지 못하는 히노와 토우토비가 난처한 표정을 하였다. 그 앞에…….

"저기…… 트렌트라는 게 어떤 몹이야?"

나는 방금 전에 갑자기 공격해온 몹조차 확인할 수 없었으니 새로운 몹을 어떻게 감당할 리가 없다. 쓰러뜨릴 거냐 피할 거냐를 결정할 객관적인 정보가 필요했다.

"언니. 트렌트란 몹은 정예에 속하는 부류의 적이야."

게임에 따라서는 어지간한 보스보다도 강하든가 귀찮은 상태이상을 걸어오거나 특수한 공격 방법 등을 이용하는 강한 잡몹을 통칭하여 정예라든가 강적이라고 부르는 모양 이다.

"게다가 그 트렌트 —— 순수한 스테이터스로는 습지대의 보스몹을 상회하고, 급소의 일격으로 일격사하는 피해가 많아. 즉 습지대에 출현하는 몹의 대표격인 놈이야."

"……게다가 트렌트는 의태하기 때문에 겉모습은 단순한 나무입니다. 플레이어가 공격범위에 올 때까지 가만히 기다리니까 꽤나 높은 레벨의 발견, 탐지 계열 센스가 필요합니다."

토우토비가 뮤우의 설명에 그렇게 덧붙였다. 전원이 내 얼굴을 가만히 바라보면 트렌트에 대한 판단은 호위 대상인 나에게 맡기는 분위기가 흐르기 시작했다.

일부러 리스크를 질 필요는 없다고 생각하는 한편으로 트렌트에게 흥미가 있다. 이 양쪽의 타협점으로서 ——

"—— 트렌트와는 전투하지 않지만 보기만 하는 건 괜찮을까?"

내 제안에 전원이 그런 생각은 못 했다는 느낌으로 쓴웃음을 지었다.

"그리고 상황을 보러간 윤 씨가 트렌트의 덩굴에 붙잡혀서 망측한 모습으로 —— "넌 그만 입 다물어! 그 이상은 위험하니까!" ——."

옆에서 입을 막듯이 리레이를 조용하게 만드는 코하쿠. 익숙한 모습이라고 느끼면서도 리레이의 머릿속에서 내가 어떤 모습이 되었을지 묻는 게 무서웠다.

"……리레이와 코하쿠는 그렇다고 치고. 윤 씨는 여기서라도 안전하게 확인할 수 있을 거라 생각합니다."

"토비, 너무해! 왜 날 리레이랑 하나로 묶는데!"

둘이서 만담하기 때문에 토우토비에게 세트로 취급당한 코하쿠가 항의하였지만, 전원이 무시했다. 제법 익숙한 모습이라고 느끼면서도 토우토비가 가리키는 쪽을 응시하였다.

[매의 눈] 센스가 저 멀리를 꿰뚫고 한 그루 나무를 발견하였다. 나이 든 나무 한 그루가 습지대에 뿌리를 내렸다. 그 이외에는 딱히 전혀 이상할 게 없는 모습이지만, 방금 전에 취득한 [간파] 센스에 미약하게 몹의 반응이 있고 그 근처에 채취 포인트가 있었다.

"겉모습은 거의 나무로군."

"……그게 트렌트의 의태 효과입니다. 본래 모습을 보이는 건 전투 상황뿐이니까요."

그 설명을 듣고 나는 만족했다. 괜한 호기심에 다가가서 리스크를 지고 싶진 않다.

"미안. 이번에는 트렌트와 싸우지 않는 쪽으로 부탁해."

"후후후, 이번에는 어쩔 수 없네요. 하지만 윤 씨 같은 미소녀가 미안해하는 표정을 본 것으로 충분합니다."

"리레이. 너 진짜……. 하아, 이번에는 어쩔 수 없나."

둘이서 이해했으니 우리는 트렌트를 피하듯이 안쪽으로 나아갔다.

●

"이게 이 에어리어의 몹이군."

현재 남부 습지대 에어리어에서 본 몹은 정예몹인 트렌트를 제외하고 개구리 형태의 몹인 무어 프로그, 점성이 낮은 슬라임 계열 몹인 점균 슬라임, 도깨비불이나 혼령이라고도 불리는 윌 오 위스프였다.

방금 전의 [발견] 센스에 반응이 있었어도 모습이 보이지 않았던 몹인 무어 프로그는 습지의 진흙 속이나 연꽃 같은 식물의 잎사귀 밑에 숨어 있다가 다가가면 공격한다.

트렌트만이 아니라 무어 프로그도 기습을 하지만, 이쪽은 무리로 존재하기 때문에 한 마리에게 공격을 하면 그 주위에 있는 개구리가 링크되어서 달려든다.

트렌트와 달리 숫자가 많은 게 귀찮지만, 그 외의 몹인 점균 슬라임과 윌 오 위스프는 위협도가 높지 않다. 아니, 그냥 무시할 수 있다.

"트렌트와 무어 프로그만 피하면 충분히 다닐 수 있겠네."

"그렇죠. 이 근처에서 일단 전투를 벌여서 무어 프로그가 얼마나 강한지 체험할까요."

"방금 전에는 일격으로 전멸시켰으니까, 이번에는 윤 씨의 몫을 남겨놔야지."

불기둥 일격으로 그 부근의 무어 프로그 무리를 순식간에 증발시켰던 리레이. 화력 특화형 마법사로서 우수하구나.

"후후후, 윤 씨, 왜 그러나요? 그렇게 바라보다니, 혹시 유혹하는 건가요?"

"그럴 리가 있냐."

새된 눈으로 리레이를 보았다. 이 언동만 없으면 좋겠다고 내심 한숨을 내쉬면서, 근처의 무어 프로그 무리에게 시선을 돌렸다.

상대의 공격범위보다 내 활 쪽이 공격범위가 넓기 때문에 최초의 일격은 안전하게 넣을 수 있다. 그 뒤에는 그 한 마리 이외에 전부 뮤우 파티에게 맡긴다.

"그럼 간다."

내 준비가 끝나자 다들 고개를 끄덕였다. 나는 활을 들고 시위를 당겼다. 겨누기 쉽게 연잎 뒤에 숨은 개구리에게 조준을 맞추고 화살을 날렸다.

다소 높게 든 활에서 날아간 화살은 포물선을 그리며 조준 지점에 꽂혔다. 화살이 연잎을 꿰뚫고 습지에 엷게 깔린 물에 파문이 일었다.

"── 〈파이어 샷〉."

"—— 〈퀵 블래스트〉."

리레이와 코하쿠가 파문과 함께 점프하여 나타난 개구리들을 초급 마법으로 꿰뚫어 숫자를 줄였다.

뮤우도 한 템포 늦게 지면에 착지한 개구리 한 마리를 특기인 〈솔 레이〉의 광선으로 없앴다.

"윤 씨의 몫을 남기도록 싸워주세요."

"알고 있어!"

루카토의 목소리와 함께 개구리에게 접근하는 뮤우와 히노.

히노는 창을 옆구리에 끼고 달리는 자세로 개구리를 꿰뚫어 들어올렸다. 들어올린 단계에서는 아직 HP가 남아있던 개구리를 보고 창을 휘둘러서 근처 나무에 처박아서 없앴다.

뮤우는 섬세한 스텝을 거듭하여 무어 프로그의 공격을 피하면서 접근, 단숨에 정리하였다.

"순식간에 숫자가 절반으로……. 아니, 이미 세 마리인가."

내가 눈앞의 광경을 바라보는 사이에도 차례로 쓰러지는 개구리들.

사각에서 날아든 개구리의 긴 혀도 몸을 낮게 낮추어서 피하고 반격하는 등, 뮤우는 어렵잖은 싸움을 보였다.

마지막으로 남은 건 내 연습용 무어 프로그 한 마리뿐이었다.

언제든지 도우러 올 수 있도록 검을 든 채로 물러나는 뮤

35

우와 히노.

나는 남은 무어 프로그에서 눈을 떼지 않으며 활을 들었다.

양생류 특유의 차가운 눈으로 날 바라보는 바람에 압박감을 느꼈다. 하지만 여기서 물러날 수는 없다.

"괜찮아! 냉정하게 대처하면 약하니까!"

뮤우의 성원을 들으면서 크게 심호흡하였다.

그리고 먼저 움직인 것은 무어 프로그 쪽이었다. 다리를 뻗어서 힘껏 점프해서 내 키를 가볍게 뛰어넘는 높이까지 치솟더니 이쪽에 몸을 부딪치려 들었다.

"──〈연사궁 2식〉!"

나는 활 계열 센스의 아츠로 도망칠 곳 없는 공중을 향해 화살을 빠르게 날렸다. 복부의 부드러운 부분에 두 대의 화살을 맞아도 쓰러지지 않는 개구리에게 동요하지 않고 즉각 이동하여 착지 지점에게서 거리를 벌렸다.

최대한 개구리의 뒤를 잡기 위해 빙글 돌면서 이동했다. 뮤우네 파티의 전투를 관찰한 결과, 배후를 잡으면 점프를 통한 태클과 긴 혀를 이용한 공격은 곧바로 쓸 수 없다.

그러한 행동을 하려면 몸의 방향을 바꿀 수밖에 없다. 그 시간적 유예를 이용하여 계속 화살을 날렸다.

배에 두 대, 등에 세 대 화살을 맞자, 무어 프로그가 작은 물구슬을 만들어냈다.

개구리의 남은 HP가 얼마 안 되기 때문에 그 공격보다 먼저 HP를 깎아낼 수 있다고 판단했다. 하지만 ──

"—— 이런."

마지막 순간에 화살이 빗나가고 그와 엇갈려서 날아온 물 구슬에 어깨를 맞았다.

방향전환을 마치고 몸을 부딪치려고 높게 점프한 무어 프로그.

나는 이번에야말로 빗나가지 않는 타이밍으로 화살을 날렸고, 그게 명중하여 HP가 줄어든 무어 프로그는 공중에서 빛의 입자가 되어 사라졌다.

"언니. 괜찮아? —— 〈힐〉."

"호들갑은. 그렇게 센 공격도 아냐."

뮤우는 걱정하여 내 몸 여기저기를 만지며 무사한지 확인하였지만, 무어 프로그의 일격은 그렇게 위협이 아니다. 정말로 무서운 건 무리에게 포위되었을 때의 집중공격이라고 이해하였기에 먼저 숫자를 줄여준 것에 감사하였다.

"싸워본 소감이 어땠나요?"

"루카토. 그렇군……. 뭐, 일대일이라면 이길 것 같아. 그이상이면 도망쳐야지. 절대로 무리."

한심하지만 내 판단은 이거였다. 안전제일로 싸운다.

"좋은 워밍업이 되었습니까? 그럼 보스로 가죠. 괜찮아요. 평소대로 싸우면 문제없으니까요."

루카토의 말에 따라서 습지대의 보스에게 도전했다.

내 훈련 이외의 전투는 가급적 피하는 방향으로 보스가 있는 곳을 향했다.

우리는 거의 전투를 치르지 않고 무사히 보스몹, 다크맨 앞까지 도달했다.

[다아아아크.]

"……꽤나 독특한 보스몹이네."

보스몹 다크맨의 모습을 단적으로 표현하자면, 그건 질량이 있는 그림자였다.

부정형의 모습에서 때때로 인간 형태를 만들다가 다시금 질량을 가진 그림자 덩어리로 돌아가는 것을 반복하였다. 어디가 성대인지 모르겠지만, 아주 알아듣기 힘든 소리로 [다크]라고 말하니까 다크맨이 틀림없겠지.

"옵니다! 이번에는 토비가 전투에 참가하지 않지만, 버티면 목적은 달성됩니다! 최우선 사항은 윤 씨의 생존!"

"루카. 그냥 쓰러뜨려도 돼!"

"뮤우는 여전하네요."

뮤우의 발언에 쓴웃음을 지은 루카토는 등에 멘 검을 뽑았다. 한 손 검치고는 크고 대검치고는 다소 작은 검 —— 분류상 바스타드 소드라고 불리는 검을 중단(中段) 자세로 겨누었다.

히노는 중량 있는 무기인 망치가 아니라 장창을. 리레이와 코하쿠는 각자의 지팡이를 들고 보스를 바라보았다.

"보스가 움직였어."

마치 이쪽의 준비가 끝나기를 기다렸던 것처럼 움직이는 다크맨. 부정형의 그림자가 성인 남자 같은 모습을 만들고 팔이 주르륵 녹기 시작했다.

"선수를 쳐서 ── 〈윈드 커터〉!"

제일 움직임이 빠른 코하쿠가 녹아버린 다크맨에게 바람의 칼날을 쏘았다. 지면을 크게 헤집으면서 축축한 흙덩어리가 주위에 퍼지는 가운데, 다크맨은 그 자리에서 늘어나듯이 근처 나무 위로 튀어올라서 그림자의 몸을 재구축하고 이쪽을 내려다보았다.

"이런. 선제에 실패했다."

"어쩔 수 없어. 자, 눈앞의 녀석은 어떻게 할까."

"눈앞?"

코하쿠를 다독이는 리레이의 말에 의문이 생겼다. 튀어오른 다크맨에게만 시선이 가 있었는데, 코하쿠가 일격을 날린 방향을 보니 몸에서 떨어져 나온 그림자의 팔이 남아있었다. 쓰러진 몹이나 절단된 몸의 일부는 보통 빛의 입자가 되어서 사라지는데, 그림자 덩어리는 모습을 바꾸기 시작했다.

"……왠지 꿈틀대는데?"

"다크맨은 분신체를 만들어냅니다."

루카토가 냉정하게 해설하는 한편, 나무 위로 튀어오른 다크맨의 본체가 다시금 몸의 일부를 떼어내어 새로운 분신체를 만들었다.

뚝, 뚝 하고 떨어진 그것은 본체와 완전히 똑같은 크기의 인간 형태가 되었다.

"분신체는 HP 말고는 본체와 같은 스테이터스. 게다가 다른 무기를 사용하니까."

루카토의 말을 보충하듯이 히노가 설명한 직후, 세 번째 분신체가 팔의 그림자를 뻗어서 장창을 만들어 이쪽을 찔렀다. 거기에 맞부딪치듯이 히노가 받아 흘리고 복부를 꿰뚫었다.

"약해……."

"한 마리 한 마리는 약해도 숫자가 많으면, 귀찮으니까요!"

바스타드 소드를 옆으로 휘둘러서 분신체 세 마리를 단숨에 쓰러뜨리는 루카토. 하지만 그동안에도 후방에 있는 다크 맨 본체는 계속해서 분신체를 만들어 우리를 포위하였다.

검, 창, 방패, 단검, 단궁, 곤봉, 도끼 등 온갖 그림자의 무기를 만드는 분신체를 루카토가 바스타드 소드로 한꺼번에 베고, 히노가 긴 리치를 살려서 창으로 세게 후려쳐서 여러 마리를 한꺼번에 날려버렸다.

"후후후, 우리도 지고 있을 순 없지요."

"그래. 내가 거들어줄 테니까 확실히 끝내!"

"가지요. ── 〈프레임 서클〉!"

"── 〈리틀 토네이도〉!"

리레이가 모은 화염의 고리가 다섯 개의 분신체를 집어삼키고, 그 화염의 힘을 코하쿠가 만든 작은 소용돌이가 한층 키워서 그 여파로 몇 마리의 분신체를 날렸다.

"보였다! ── 〈솔 레이〉!"

싸움의 전개가 너무 빨라서 나는 쫓아가지도 못하고 그저 보호받는 대로 이 장소의 중심에 서 있었다.

화염폭풍 때문에 분신체들 사이에 뚫린 구멍을 메우려고 몸을 떼어내는 다크맨 본체에게 뮤우가 광선을 쏘았지만, 그 높은 민첩성으로 피한 본체는 똑같아 보이는 분신체들 사이에 숨어서 사방으로 흩어졌다.

"아까워! 자, 윤 언니도 도와!"

"?! 〈인챈트〉—— 디펜스!"

이번 목적은 내가 다음 마을에 도착하는 것이니까 내가 쓰러져선 안 된다.

그러니까 이번에는 방어 인챈트를 우선하고 나 자신도 활을 들고 분신체를 쏘았다.

"어디를 노리면 돼?!"

"원거리 공격을 가진 놈을 우선해서 없애주세요!"

"알았어!"

루카토의 지시에 따라서 전위 사이를 누비듯이 후방에서 그림자 화살이나 단검을 던져대는 분신체를 겨누었다.

루카토나 히노 등의 공격처럼 일격으로는 쓰러뜨릴 수 없지만, 화살 네 대를 맞자 분신체가 주르륵 녹아서 사라졌다.

그 뒤에도 리레이와 코하쿠의 MP가 떨어지기 시작해서 거기에 아이템을 쓰고 인챈트를 다시 걸었지만, 도무지 전황이 호전되지 않았다. 애초에 다크맨이 분신체 사이에 숨어서 찾을 수 없는 것도 경직 상태의 원인이었다.

"저기, 전에는 어떻게 없앴어?"

"그때는 —— 루카랑 히노가 분신체를 막고 후위인 리레이와 코하쿠가 범위공격으로 한 방에 숫자를 줄이고, 보스를 찾아서 나랑 토비가 공격했나."

그렇게 설명하면서 한 손 검으로 분신체 하나를 베면서 다른 손을 반대방향으로 뻗어서 광선으로 두 마리를 한꺼번에 꿰뚫었다.

"내가 있는 탓에 공격력이 부족한가?"

"그것도 있지만……. 토비, 찾았어?"

여태까지 전투에서 이탈해있던 토우토비 말인데, 뮤우의 말에 눈을 돌려보자 근처 나무 위에서 이쪽 전투를 관찰하는 듯했다.

"……11시 방향에 분신체 생성의 조짐 있음! 거기에 다크맨이 있습니다!"

"리레이! 코하쿠!"

"후후후, 알고 있어. —— 〈프레임 서클〉."

"—— 〈리틀 토네이도〉!"

두 사람의 콤비네이션 기술이 작렬하고 토우토비가 가리킨 지점에 다시금 격심한 열파가 일어났다. 거기에 호응하듯이 그 지점을 지키려고 움직여서 벽을 만드는 분신체를 루카토와 히노가 놓치지 않았다.

"안 놓쳐. —— 〈다단 찌르기〉!"

"—— 〈쇼크 임팩트〉!"

두 사람이 보스에게 가는 길을 확보하고, 거기에 달려드는 뮤우. 나는 그 뒷모습에 인챈트를 걸었다.

"〈인챈트〉── 어택, 스피드!"

"고마워! 자, 이번에는 안 놓쳐!"

화염폭풍이 걷힌 곳에는 다크맨이 한 마리만 남아있고, 뮤우에게서 도망치듯이 그림자의 하반신을 미끄러뜨려 이동하였다.

"안 놓친다고 했지!"

엄청난 속도로 베고 드는 뮤우였지만, 속도만큼은 안 뒤지는 다크맨. 자신의 오른팔을 돌격창 같은 형태로 바꾸어서 그것으로 뮤우의 공격을 흘리듯이 막아냈다.

그러는 한편 몸의 일부를 녹여서 다시금 분신체를 생성하여 이쪽을 향해 보냈다.

"조금만 더 힘냅시다! 여기서 버텨요!"

루카토의 호령에 다시금 방어 인챈트를 걸고, 덤벼드는 분신체에게 대처했다. 창으로 찌르고 검으로 후리고 마법으로 태우고 베어냈다. 내 화살도 적의 이마에 빨려들 듯이 꽂혔다.

뮤우 쪽은 애초부터 높은 속도 스테이터스를 인챈트로 더욱 끌어올려서 다크맨을 서서히 압도하기 시작했다. 슬금슬금 대미지를 주어서 남은 HP가 3할 정도까지 왔다.

"이걸로 끝이야! ── 〈피프스 브레이커〉!"

아츠의 푸르스름한 빛을 띠는 한 손 검을 쳐들고 필살의

공격을 날리려는 뮤우. 하지만 ──

"⋯⋯시간이군요. 도망쳐버렸습니다."

공투 페널티를 받지 않으려고 전선을 벗어났던 토우토비의 목소리가 귀에 들어오고, 눈앞의 모든 다크맨의 분신체와 본체가 녹듯이 무너지고 지면에 빨려들어 사라졌다.

뮤우는 연격의 첫 공격이 빗나가서 즉각 아츠의 동작을 캔슬했다.

"에엣, 놓쳤어?!"

해치울 수 있다고 생각했는데 놓쳤다는 사실에 쇼크를 받는 뮤우.

"저기, 이건 뭐야?"

"다크맨과의 전투에는 시간제한이 있습니다. 일단 제한 시간까지 버티기만 하면 클리어로 간주되지만, 드랍 아이템은 입수할 수 없어요."

분한 눈치인 뮤우를 달래는 토우토비를 보면서 루카토가 보스와의 특수전투에 대해 설명해주었다.

확실히 조금만 더하면 쓰러뜨릴 것 같은 단계에서 놓치면 분하지.

"한 번 더! 한 번 더 하게 해줘!"

"안 됩니다. 윤 씨를 다음 마을로 안내해야 하니까요."

보스와의 전투에 매달리는 뮤우를 끌고 가듯이 데려가는 루카토. 이쪽도 나름 익숙한 모습이라고 느끼면서 보스가 지키는 장소 안쪽으로 들어갔다.

한동안 걷자 남쪽 습지대의 끝이 보였다.

"여기가 제4마을 —— 통칭 [미궁마을]입니다."

눈앞에 펼쳐진 것은 동남아시아 계열의 분위기가 떠도는 외벽이었다.

●

특징적인 문양이 그려진 성문을 지나자, 시내에서도 왠지 축축하니 습기가 있고 성문과 비슷하게 동양풍의 문양이 새겨진 건축물이 늘어섰다.

대로를 똑바로 나아가자 전이 오브젝트인 포털이 보이기에 나는 그걸 만져서 전이 포인트로 등록하였다.

"여기는 시내에 던전 입구가 네 개 있습니다. 그러니까 던전을 내포한 마을로 [미궁마을]이라고 불립니다."

루카토의 설명을 들으면서 마을의 주요 장소를 안내받았다.

마을 중앙에 위치하는 포털 바로 옆에는 첨탑 같은 건물이 있는데 그게 던전이라나.

제1마을 근처에도 동굴 던전이 있고, 제3마을 근교에는 광산 던전이 있다. 하지만 미궁마을의 던전은 그것들과 전혀 다른 타입이다.

전자가 에어리어의 분위기에 따른 형태라면, 미궁마을의 던전은 아공간 던전이다.

입구는 거대한 건물 사방에 하나씩 있어서 각각 안이 전혀 다른 던전이라고 했다.

첫 번째는 상태이상 공격을 다용하는 석조벽과 바닥으로 구축된 구조물 같은 평범한 던전.

두 번째는 어둑어둑하니 발밑이 안 보이는 장소에서의 전투나 수 속성의 몹이 많은 지하 동굴 던전.

세 번째는 복잡한 지형과 다양한 언데드가 우글대는 암흑 공간의 호러 던전.

마지막은 업데이트로 해방될 예정인 미개방 던전.

"던전이 이 마을의 중심이고 메인 사냥터이기도 합니다. 또 마을 사방에도 에어리어가 있지만, 마을 바깥은 적의 레벨 차가 크기 때문에 공략조나 실력파 플레이어도 들어가지 않습니다."

"헤에, 전인미답의 미개척 에어리어에 던전이라. 꽤 재미있는 마을이네."

전인미답의 미개척 에어리어라니 생산 소재가 많이 있을 것 같아서 두근거린다.

살짝 에어리어를 살펴보고 입구 부근의 아이템을 수집해서 도망쳐오기만 해도 충분히 성과가 있겠다.

"언니, 지금 안 싸우고 소재만 주워 모을 생각 했지?"

"……안 돼?"

"되고 안 되고 이전에 같은 짓을 생각하고 실행한 플레이어가 몇 명 있었는데, 성공 사례가 거의 없으니까 포기하고 자기 센스 레벨이나 올리는 편이 건설적이지 않을까?"

뭐, 그렇겠지. 너무 세서 못 이길 적 사이에 숨어들어서 채취 아이템 입수하는 건 어렵겠지.

소재 아이템을 입수할 수 있어도 하나나 두 개. 그리고 죽어서 데스 페널티가 붙어선 수지가 안 맞는다.

"어쩔 수 없지. 포기할까."

"윤 씨. 의욕이 넘쳐 보였는데, 의외로 챌린저?"

딱딱한 표정으로 메마른 웃음을 짓는 파티원들. 뮤우는 한심하다는 듯이 '때때로 이상한 소리를 하는 언니야'라며 한숨을 내쉬었다.

"뭐, 그 이야기는 넘어가고 이다음에 어쩔 거야? 이대로 해산하는 건 재미없는데."

이야기의 흐름을 바꾸기 위해서 히노가 말하였다. 나는 [미궁마을]의 포털을 등록한다는 목적을 달성했기 때문에 해산해도 문제없다고 생각하는데…….

"리벤지로 다크맨! 이번에야말로 해치울래!"

"아까 놓친 트렌트를 쓰러뜨리자! 트렌트의 목재로 지팡이 업그레이드!"

뮤우와 리레이가 목청을 높였다. 또 이번에 파티에서 제외되었던 토우토비는 아무래도 기대 어린 눈으로 힐끔힐끔 나를 보았다.

"윤 씨의 목적도 달성되었고, 돌아가서 사냥이라도 할까요. 괜찮으면 윤 씨도 함께 어떤가요?"

"괜찮아?"

"이번처럼 앞으로도 우리를 호위로 쓸 거죠? 그럼 우리 중 누구와 파티를 짜도 싸울 수 있게 예행연습을 하는 걸로."

"그런 거라면 이쪽이 부탁하고 싶을 정도야. 게다가 전투 쪽 센스 레벨이 안 올랐으니까 내친 김에 레벨업을."

"와아! 그럼 윤 언니를 넣어서 전원의 패턴으로 돌릴 거면 다크맨이랑 다섯 번 싸워야지."

뮤우가 갑자기 꺼낸 말에 놀라서 굳어버렸다.

설마 그 보스랑 또 싸우나? 그것도 연속해서?!

"그럼 가자! 얼른 가자."

"후후후, 그렇군요. 트렌트한테도 도망쳤지요. 아직 그 자리에 남아있으면 좋겠는데."

다크맨과의 5연전 뒤에 또 트렌트랑도 싸우는 거야?! 나는 분위기에 휩쓸려서 습지대로 되돌아갔다.

한 번 격퇴했기 때문에 비선공 상태가 된 보스 몹 다크맨과의 싸움에서는 뮤우네 파티를 로테이션으로 돌리면서 5연전. 첫 싸움에서 대략 흐름을 알았지만, 다섯 번 중 두 번은 놓쳤고 세 번은 아슬아슬하게 쓰러뜨렸다.

그 세 차례의 드랍템에서는 모두 통상 드랍인 [마법생물의 촉매 금속]이라는 소재를 입수했다.

이건 평범한 주괴를 만드는 요령으로 가공하면 랜덤으로 다른 금속 주괴가 된다는 아이템이다. 하지만 보통 주괴를 만들려면 촉매 금속×5가 필요하기 때문이 이대로는 부족하다.

"뭐, 지금은 갖고 있기만 할까?"

보스인 다크맨과 다섯 번 연속 싸우는 것만으로도 완전히 지쳐서, 그 다음에는 기세에 휩쓸려서 트렌트를 쓰러뜨리러 갔지만, 운이 좋은 건지 나쁜 건지 이미 이동한 트렌트를 찾을 수도 없어서 그 날 모험은 끝났다.

"크윽! 다음에 발견했을 때는 꼭 쓰러뜨릴 거야!"

발을 구르는 뮤우를 다독이면서도 사실 트렌트를 찾을 때에 채취 포인트에서 약초 등을 회수했으니까 의외로 나쁘지 않구나 싶었다.

습지대의 전체적인 느낌도 파악했고 불안은 사라졌다.

마지막으로 뮤우네 파티에게 보수로서 포션 등의 소모품을 주었다. 내 마음으로는 호위나 레벨업에 어울려준 것치고 아이템이 다소 적게 느껴져서 추가로 보수를 주고 싶었다. 하지만 수중의 아이템이 부족하기 때문에 다시금 전원이 [아트리엘]로 돌아가기로 했다.

2장　길드 권유와 은신

다크맨과의 5연전, 습지대에서 트렌트 수색, 꽤나 여기저기 탐색하고 [아트리엘]로 돌아왔다.

"역시 다크맨과의 전투면 우리가 입는 피해보다도 광역 아츠나 마법 때문에 MP 소비가 격심하네요."

"그러면 추가 보수는 MP 포션이 좋을까? 그리고 이러니 저러니 해도 꽤 활동했으니까 만복도가 줄었잖아."

나는 한 곳에 머무른 채로 원호사격이 주체니까 플레이어의 공복 정도를 알리는 패러미터인 만복도는 절반 정도밖에 줄지 않았다. 하지만 적 몹과의 사이를 뛰어다닌 뮤우나 토우토비, 또 커다란 무기를 휘두르는 루카토나 히노 등은 그만큼 만복도가 줄어들기 쉽겠지.

"우리 가게의 샌드위치도 보수로 추가해줄게."

"확실히 배고파. 샌드위치도 좋지만, 뭐 맛있는 거 먹여줘."

"참나, 어쩔 수 없군. 만드는 데에는 시간 걸리니까."

뮤우의 부탁에 한숨을 내쉬면서 대답했지만, 사실 그런 부탁이 조금 기쁘기도 했다. 어리광을 받아주는 건 오빠의 안 좋은 버릇이겠지.

사실은 남쪽의 습지대에서 쓰러뜨린 몹의 드랍템으로 요리를 만드는 게 옳겠지만, 애석하게도 식재료로 쓸 수 있는 몹은 없었다.

"그렇군……. 식재료라면 밀버드의 고기를 쓸 수 있어."

[요리] 센스 중에는 식재료에서 독을 제거하는 스킬이 있기 때문에 이걸 이용하면 여태까지 요리 등의 생산 분야에 활용할 수 없었던 식재료를 활용할 수 있다.

다만 독을 가진 밀버드의 고기라는 말을 들은 순간, 표정이 굳는 사람이 약 두 명 있는데?

"괜찮아. 독은 제거할 테니까. 그리고 뤼이의 [정화]도 병용해서 상태이상 요소를 제거할 거야."

지금 내가 말하고 안 건데, 뤼이의 [정화]는 HP와 상태이상의 회복 스킬이지. 최근 식재료의 열처리 공정과 겹치는 건 기분 탓이라고 생각하자.

"밀버드니까 치킨난반으로 할까, 튀길까, 그냥 평범하게 야채랑 같이 볶아버릴까, 심플하게 구울까. 가지고 갈 거면 꼬치구이겠지만, 스테이터스 강화의 보정이라면 치킨난반이나 볶음……. 아니, 수고를 생각하면 볶음이 낫겠네. 하나 같이 가정요리라서 손이 많이 안 가는 거지만, 어느 쪽이 좋아?"

"여, 역시 [보모]네. 소재 하나만 가지고 그만한 요리가 나오다니……."

"응? 이건 보통이잖아. 그렇지, 고기 사놓은 게 제법 남았으니까 얼른 소비하고 싶고."

최근 [아트리엘]의 손님에게서 한 가지 소재가 과잉 공급

될 정도로 겹쳤다. 빅 보어처럼 독을 제거할 필요가 없는 소재라면 금방 요리에 써먹겠는데, 밀버드의 고기 같은 건 수고가 필요하다.

"뭐, 생각만 해도 수가 없나. 꼬치구이랑 야채볶음이면 될까? 조금 넉넉하게 만들면 가지고 갈 수도 있겠고."

제시한 요리 중에서 좀처럼 정해지지 않기에 내가 멋대로 정했다.

그리고 루카토가 멍하니 중얼거렸다.

"── 이자카야 [아트리엘]인가요?"

"루카토. 우리 가게는 이자카야가 아냐."

"죄, 죄송합니다."

가끔씩 [아트리엘]을 요릿집이나 밥집으로 착각하는 사람이 있는데, 공방으로서 플레이어의 응원, 서포트에 전념하는 가게다.

그것도 거의 내 취미나 어쩌다가 취득한 생산 센스 때문이다.

때로는 약사로서 [조약]하고, 필요하다면 [요리]도 제공한다. 너무 대단한 건 못 하지만, [조금]이나 [연금], [합성] 등도 다룬다. 만능이라고도 할 수 있지만, 본업은 역시 포션 등을 만드는 약사다.

하루 일을 마치고 먹을 요리 이야기를 떠드는 동안에 가게가 가까워졌다.

제1마을 남쪽의 한산한 곳에 있는 작은 가게인 [아트리옐] 앞에 한 플레이어가 기다리고 있었다.

가게 안으로 들어가는 기색도 없는 이 남성 플레이어의 얼굴은 기억에 없었다.

의아한 표정으로 남성 플레이어를 보면서 가게에 다가가자, 저쪽에서 이쪽을 발견했다.

"미안합니다. 당신이 이 가게의 플레이어, 윤 씨로군요."

정중한 말이지만, 단정적인 말인 걸 보면 사전에 나에 대해 알고 있었겠지.

"그런데……. 무슨 일이야? 아이템이 필요하다면 점원 쿄코한테 말해."

귀찮을 것 같은 상대라서 용건을 말하기 전에 가게로 도망치려고 했는데, 저쪽은 억지스럽고 일방적으로 가게 앞에서 용건을 말하였다.

"윤 씨, 우리 길드 [그린 폴]에 가입해주지 않겠습니까!"

"거절이야. 돌아가."

도저히 비빌 언덕도 보이지 않는 내 거절에 몇 초 동안 무슨 소리를 들었는지 이해할 수 없는 눈치인 남성 플레이어가 서서히 의미를 이해하였다. 이야기만이라도 들어달라는 시선을 보냈지만, 시선도 맞추지 않았다. 암암리에 거절이다, 돌아가, 말 걸지 마, 방해하지 마, 라고.

"다른 사람의 길드에는 흥미 없어. 손님이 아니면 돌아가."

"제발 좀! 지금은 중규모 길드지만, 윤 씨처럼 유명 플레이어가 들어오면 지명도도 오릅니다! 그리고 다들 전투직

이 많아서 의욕도 있고! 지금은 [팔백만]의 천하지만! 언젠
가 우리 길드가 OSO 최대의 길드가 될 겁니다!"

　일방적으로 떠드는 남성 플레이어를 내심 차가운 눈으로
바라보았다. 뒤에서 따라오던 뮤우네 파티의 모습을 확인
하려고 시선을 움직이자, 굳은 표정으로 서 있었다.

　뮤우네 파티까지 불쾌하게 만들다니. 그런 생각에 나는
한층 짜증이 났다.

　"—— 그러니까 길드 가입을 부탁드립니다."

　"처음부터 거절한다고 말했을 텐데."

　간신히 내 얼굴을 똑바로 보고 도저히 가능성이 없다고,
아니, 오히려 마이너스라고 깨달은 모양이었다.

　내 시선을 받고 주춤거리면서도 권유는 이어졌다.

　"……저기, 아깝군요. 그러니까."

　"그러니까 뭐? 길드에 들어가는 의미도 이점도 없는데?"

　"우리는 항상 전투를 합니다! 그런 우리의 회복 아이템을
만들어주면 조합 센스 레벨이 오르기 쉽고."

　"거기에 메리트가 느껴지지 않는데……. 이제 됐어. 쿄
코, 다음부터 이 플레이어한테는 판매하지 마. 그리고 길드
[그린 폴]의 소속 멤버가 오거든 무조건 경고해. [다음에 또
그러면 출입금지다]라고."

　"예, 알겠습니다."

　어느 틈에 다가온 점원 NPC 쿄코에게 맡기고, 나는 [아트
리엘]로 들어갔다.

애교 있는 미소를 띤 쿄코는 남성 플레이어에게 돌아가 달라고 부탁하였다. 그 또한 NPC에게 소리치거나 하지 않고 맥을 잃은 느낌으로 물러났다.

"미안해. 이상한 모습 보여서."

"아, 아뇨, 괜찮은데요……."

내가 가게 카운터에 들어가서 그렇게 말하자, 주저하면서 대답하는 루카토. 뭔가 이상했나?

"길드 권유는 항상 거절해?"

카운터 자리에 앉은 뮤우가 그렇게 질문을 던졌다. 나는 어떻게 말해야 하나 생각하면서 조리도구를 챙겼다.

"뭐, 가끔일까? 언젠가 들킬 거라고 생각했지만, 여름 캠프 이벤트에서 입상한 게 들키거나 이상한 별명이 붙은 뒤로 오더라고."

레어 새끼인 유니콘 뤼이와 공천호 자쿠로도 있고, 안정된 생산거점인 [아트리엘]도 있다.

뭐, 그 외에도 여러 이유는 있겠지만, 나 혼자 길드에 끌어들이면 여러 옵션이 따라온다는 느낌이겠지.

"최근에는 길드 권유의 간격이 짧아졌으니까 짜증나."

한숨을 내쉬면서 조리기구인 마도 풍로에 불을 붙여서 프라이팬을 달궜다.

프라이팬을 달구는 동안에 미리 조리용으로 독을 뺀 밀버드 고기와 몇 종류의 야채를 카운터 뒤의 아이템박스에서 꺼냈다.

최근에는 [요리] 센스를 위한 식재료가 늘어났기 때문에 여러 야채를 챙겨두었다. 그중 몇 개를 식칼로 한입 크기로 썰고, 기름을 두른 프라이팬에 고기와 함께 넣어서 소금으로 간을 하고 볶았다.

그러는 한편 한입 크기로 자른 닭고기를 꼬치에 꿰어서 꼬치구이를 만들기 시작했다.

"……대, 대단해……. 요리를 두 종류 동시에 만들다니."

"응? 이런 건 익숙해."

야채 볶음은 여섯 명 전원이 먹기 부족하지만, 일단 완성해서 큰 접시에 담고 각자 작은 접시에 덜어먹는 셀프 형식으로 하였다. 또 다 구운 꼬치도 잎사귀 야채 위에 담아서 내놓았다.

"후후후, 아삭아삭한 야채와 짭짤한 소스와 고기 맛이……."

"……아니, 그 이전에 스테이터스에 플러스 보정이 붙어요. ATK +3이 15분. 꼬치는 중복은 안 되는 모양이지만 +2입니다."

"그야 몬스터의 고기니까. 빅 보어 정도는 아니라고 해도 조금은 오르지."

놀라면서 식사를 먹는 젓가락을 멈추는 토우토비를 향해 나는 그렇게 말했다. 뮤우와 히노는 내놓은 요리를 계속해서 퍽퍽 먹었고, 루카토와 리레이는 스테이터스 강화에 대해서 깨달았지만 맛있게 먹었다. 놀라는 토우토비와 혼자 요리를 진지하게 음미하는 코하쿠. 식사 방법 하나만 봐도 개성이 나오는군. 그렇게 생각하면서 전원에게 돌릴 차를 쿄코에게 부탁하고 샌드위치용 고기의 독을 제거하였다.

"윤 씨, 익숙한 솜씨네요."

"그래? 뭐, 여러 번 했으니까."

어디를 어떻게 자르면 깨끗하게 독을 제거할 수 있는지는 대충 이해되었다. 이것도 일종의 센스에 따른 어시스트 효과일지 모르지만, 별로 개의치 않고 계속해서 꼬치를 만들었다.

잠시 뒤에 전원이 만족하고 남은 꼬치를 싸들고 돌아가게 되었다.

"잘 먹었어. 또 먹으러 올게!"

그렇게 말하고 뮤우 일행은 시끌시끌 떠들면서 [아트리엘]을 나섰다.

"참나, 요리는 항상 만드는 게 아냐. 뭐, 기분이 내키거든……. 다음 기회도 있으니까 ──."

이번에 쓰는 바람에 밑준비를 해놓은 밀버드 고기가 줄어들었으니까, 시간을 낼 수 있는 동안에 독을 제거했다.

필드에서 소재 채집이나 잡몹 사냥, 아이템 작성 등을 할 시간은 없기 때문에 자잘한 생산 밑준비를 시작했다.

"── 잠깐 괜찮을까."

내가 아이템박스에서 미처리된 밀버드 고기를 꺼내는 동안에 가게 앞에 누군가가 온 모양이었다. 돌아보니 어두운 배색의 경장비를 갖춘 남성 플레이어가 두 명.

한 명은 말없이 위압적인 분위기를 내뿜고, 말을 걸어온 남자는 안짱걸음으로 다가왔다.

"어서 옵쇼. 지금은 하던 작업이 좀 있으니까 저쪽 점원에게 용건을 말해줘."

"용건은 너야. 윤이라고 했나? 우리 길드 마스터가 널 필요로 하는데 길드에 좀 들어와줄래?"

"거절이야."

남자와 얼굴도 맞대지 않고 거절했다.

"너 누구한테 싸움 거는지 알아? 우리는 PK야."

남자가 허리의 레이피어를 뽑고 스스로를 PK라고 말했다.

PK —— 플레이어 킬. 게임 안의 다른 플레이어를 공격하는 행위를 가리키고, 또 그런 짓을 하는 플레이어는 플레이어 킬러라고 불린다. 여러 파생형이 존재하지만, OSO에서는 어지간히 없는 존재다. 무엇보다도 메리트가 적다는 게 이유지만…….

"왜 입 다물고 있어? 잘난 척이나 하고!"

PK라고 말한 남자가 격노하면서 카운터 너머로 레이피어를 들이댔다. 그것도 쌓여있는 밀버드 고기를 찔러서. 잠자코 입구에 서 있던 남자도 무기를 뽑고 이쪽에 들이댔다.

"무슨 짓이야?"

"흥? 단순한 길드 권유지! 설마 거절하진 않겠지."

"다시금 말하지. 거절이야."

내 말에 이마에 핏대를 세우는 남자. 하지만 이쪽으로선 아무래도 좋다.

"귀찮은 건 사양이야. 얼른 돌아가."

내 한마디에 인내심이 터진 남자가 카운터 너머로 손을 뻗더니 내 멱살을 잡아서 억지로 끌어당겼다. 숨이 답답해서 얼굴을 찌푸렸다.

"너, 잘난 척 마라. 우리를 단순한 PK라고 생각하지 마. [포슈 하운드]의 PK를 동원해서 아까 있던 그 여자들을 집요하게 노려주지."

나한테 무슨 짓을 하는 건 상관없지만, 이 녀석들은 뮤우네 파티를 노리겠다고 말했다.

"······이거 못 넘어가겠네. 내 지인들을 노린다는 말을 하다니."

여태까지는 귀찮은 정도였지만, 이 녀석은 적이다. 나는 멱살을 잡힌 상태로 남자의 눈을 보고 노려보았다.

"음? 뭐야, 그 눈은?"

"가게에 그 애들이 있었다는 걸 안단 소리는 어딘가에서 이쪽을 보고 있었지? 사람이 없는 타이밍에 왔다는 건 그런 거겠구나 싶어서."

내가 꽤나 화난 듯했다. 생각이 그대로 입으로 나와서 도발했기 때문에 멱살을 잡은 힘이 더욱 세지고 바닥에서 발이 떨어졌다.

괴로워서 여유가 없어졌을 때, 가게 안에 거센 바람이 불었다.

"여기 음식이 맛있다는 소리를 듣고 와 봤는데, 버릇없는 놈들이 있네."

날카로운 타격이 나를 붙잡은 팔을 때리고, 그 충격에 날아간 나는 쓰러지듯이 카운터 안쪽 바닥에 주저앉았다.

"이, 이게……."

카운터를 붙잡고 비틀비틀 일어나자, 이미 가게 안의 두 남자가 밖으로 쫓겨난 상태였다.

게다가 한쪽은 신음소리를 내며 얻어맞은 배를 누르고, 다른 쪽은 주위에서 대기하던 십여 개의 얼음창을 보고 표정을 굳혔다.

"자, 방해되니까 가버려."

손바닥을 아래로 하고 개라도 쫓아내듯이 손을 흔드는 와인레드 머리칼의 여성.

"큭……. 어이, 가자!"

딱딱한 표정으로 멍하니 있는 남자에게 말을 걸어서 비틀거리는 발걸음으로 사라졌다. 항복이다, 기억해둬라, 같은 대사는 없냐? 그런 마음에 속으로 아쉬워하는 나는 의외로 여유가 있는 모양이다.

그리고 험악한 길드 권유의 PK들이 물러간 뒤 두 사람의 이름을 말했다.

"—— 미카즈치. 그리고 세이 누나도."

"여어, 기억해주다니 영광이야."

●

"크아! 역시 술에 안주가 있으면 더욱 맛있군!"

"미성년한테 술맛을 말하지 마."

나를 도와준 것은 세이 누나와 미카즈치였다. 마침 [아트리엘]을 찾아왔을 때 악질 길드 권유를 쫓아준 건 고맙지만, 가게에 온 이유가…….

"동생이 꼬치구이를 가져왔으니까. 먹으러 왔지!"

뻔뻔하게 말하더니 지금 눈앞에서 자기 술을 한 손에 들고 꼬치구이를 먹어대고 있다.

"그렇기는 해도, 윤, 괜찮아?"

"……괜찮지 않아."

그렇게까지 노골적인 위협이 있으면 지인, 친구에게 폐가 간다.

"하아, 정말로 어떻게 할까."

PK의 도발처럼 뮤우네가 PK에 질 것 같진 않지만, 폐가 간다면 아예 OSO를 그만두는 것도 한 수단이겠지.

"뭘 고민하는 거야. 이럴 때는 연장자에게 상담해야지."

"주정뱅이에게 상담이라."

고기를 차례로 구우면서 그렇게 말했지만, 어차피 혼자서는 결론이 나오지 않을 거란 생각에 의논해보았다.

"최근 길드 권유도 많고 귀찮아. 게다가 방금 전 같은 녀석들에게도 찍힌 모양이야."

"조금 진정될 때까지 시간이 필요할지도 모르겠네."

세이 누나의 맞장구에 고개를 끄덕였다. 애초에 내가 길드 권유를 거절하는 이유는 메리트가 없기 때문이다.

"나는 [생산 길드]가 있으니까 소재 수집이나 판매 쪽으로는 아무 걱정 없어."

"거기는 길드 멤버 이외에도 평등하게 대한다고 그랬으니까. 우리 길드의 생산직들도 길드를 바꾸지 않고 생산 활동을 즐길 수 있다고 좋아했지."

꼬치구이를 한 손에 들고 그런 이야기를 들었다는 식으로 대답하는 미카즈치.

"그렇다면 어디 보자. 한동안 사람이 적은 장소에 가든가, 가게에 얼굴을 내밀지 않든가."

"그건 —— 몸을 숨긴다는 소린가?"

의문으로 대답하는 내게 미카즈치가 꼬치를 먹으면서 끄덕였다.

"그래. 뭐, 진정될 즈음에 슬그머니 가게로 돌아오면 되잖아?"

다 먹은 꼬치를 살랑살랑 흔들더니 술을 한 모금 마시는 미카즈치의 말에 눈앞이 트인 듯했다.

딱히 가게를 중심으로 활동할 필요는 없다. 가게를 갖기 전에도 여기저기 돌아다녔다. 그 무렵으로 돌아갔다고 생각하면 아무것도 아니다.

"그거 좋네. 그러려면 뭐가 필요할까?"

"혹시 할 거라면 두 가지 아이템이 필요해. 아가씨는 지금 사용할 수 있는 소지금은 어느 정도?"

"지금 소지금이라면…… 80만 G 정도일까? 생산설비의 갱신이나 가게 유지비에 쓸 거니까 정말로 조금 더 있지만……."

"좋아. 일단 첫 번째 아이템은 [미니 포털]이라는 아이템이야. 들어본 적 없어?"

"분명히 길드홈 등에 설치된 그거 말이지. 간이 포털."

에어리어 전용용 오브젝트인 포털과 거의 비슷한 효과를 갖는 [미니 포털]은 길드 등의 단체용 아이템이며 자유롭게 지정 장소에 설치할 수 있다.

"[미니 포털]이 있으면 가게 안에서도 자유롭게 에어리어 이동이 가능해. 가게에서 밖으로 나갈 때에 들킬 걱정도 없고, 만에 하나 다른 포털을 감시하더라도 가게가 보이지 않는 위치로 돌아오면 감시를 피할 수 있지. 그 외에는 어디 보자…… 부차적인 효과로 [미니 포털]을 이용한 전이를 알아차린 녀석은 아가씨가 이미 어딘가의 길드에 소속되었다고 여기겠지. 설마 개인이 소유할 거라고는 생각 못할 거야."

악당처럼 큭큭 웃는 미카즈치. 분명히 자유롭게 [아트리엘]로 귀환할 수 있는 건 매력적이다.

"하지만 그건 분명히 100만 G였어. 돈이 부족하잖아."

"그래. 몸을 숨기려면 20만 G가 더 필요해. 그리고 세이는 그거 가지고 있어?"

"그거라면 [암자의 진흙]? 가지고 있어."

세이 누나는 메뉴를 조작하여 자기 수중에 작은 병을 꺼냈다. 병 안에는 시커먼 진흙 같은 액체가 들어있는 듯한데, 그냥 놔둬도 미묘하게 진동하는 것 같아서 왠지 기분 나쁘다.

"……이걸 마시라고?"

"아냐! 이건 강화소재의 하나로 [암자의 진흙]라는 아이템이야. 방어구에 쓰면 몹의 어그로 상승을 막을 수 있는 효과와 탐지 에어리어의 감소 효과를 얻을 수 있지. 그 외에도 아츠나 스킬 발동을 감지하는 [간파] [육감] [파악] 등의 센스에 대해 예비 동작을 감지하기 어렵게 한다 —— 라는 효과의 [인식저해]를 얻을 수 있어."

어그로 상승 억제, 몹의 감지 에어리어의 감소는 솔로, 후위에게 어울리는 효과겠지.

어그로 수치가 올라가지 않으면 이쪽을 향한 공격 우선도를 낮게 유지할 수 있다.

몹의 탐지 에어리어의 감소라면 일대일 장면을 만들기 쉽고, 싸우지 않더라도 에어리어의 탐색시에 유리한 효과다.

무엇보다도 플레이어와의 전투에서 스킬을 탐지하지 못하게 발동시킨다는 점은 기습이나 불의의 일격에 유효하고, 적이 혼란에 빠져준다면 도주의 성공률이 오른다.

"고마워, 세이 누나……."

"어차, 아가씨. 뭐든 공짜로 얻을 거라고 생각하는 건 아니겠지."

"나는 그냥 줘도 좋은데."

내가 세이 누나가 내려놓은 병으로 손을 뻗자, 미카즈치가 막았다. 세이 누나 쪽을 보자 쓴웃음을 짓고 있었다.

"아가씨. 그렇게 긴장하지 마. 잡아먹는 것도 아니니까."

"아니, 그러니까 아가씨라고 하지 마. 나는 남자야."

평소처럼 남자라고 주장하지만, 빈 접시를 내미는 바람에 씁쓸하게 다 구운 꼬치구이를 담았다.

"아, 가지고 가게 싸줘."

"이건 도움을 받은 사례. 도움을 받은 사례……."

나는 몇 번이나 거듭 중얼거리면서 미카즈치를 향한 불만을 억눌렀다.

"……그래서 미카즈치는 뭐가 필요해?"

"그렇게 안달하지 마. 일단 정리하지. 윤 아가씨가 필요한 건 부족한 자금인 나머지 20만 G와 [암자의 진흙]이야. 이것만 있으면 충분히 몸을 숨길 준비는 돼."

미카즈치가 생각한 은신 플랜에는 그것들이 부족한 듯했다. 그리고 그걸 미카즈치는 가지고 있다.

"그럼 이번에는 이쪽 차례야. 길드 [팔백만]은 현재 [미궁거리]의 노멀 던전을 공략 중이야. 적 몹의 스펙 자체는 낮은데, 상태이상 공격이 많거든. 이걸 극복하고 싶어."

진지한 눈으로 똑바로 날 바라보는 미카즈치에게 의문을 던졌다.

"공략하고 싶다니. 공략하면 되잖아."

"[혼란]이나 [매료]의 상태를 단번에 회복하는 만능약은 없잖아? 꽤나 힘들다고."

"하지만 없는 것보단 낫잖아."

"그렇지. 하지만 회복마법으로 대용할 수 있어. 나름대로 효과 높은 포션을 내줄 수 있겠지?"

술을 마시면서 나와의 대화를 즐기는 듯한 미카즈치. 이 대화도 나쁘진 않다는 느낌이었다.

"그럼 가게에 놔두지 않은 걸 낼게. 숫자는 많지 않지만, 종류는 되니까."

독을 시작으로 여덟 종류의 상태이상을 회복하는 포션이라면 소수 있다.

처음에 만든 약한 해독 포션은 70G지만, 그건 회복량이 낮은 거고, 그 뒤로 한 단계 회복량이 오를 때마다 가격도 뛴다.

한 랭크 오를 때마다 가격은 몇 배가 되고 [해독4]의 포션은 7000G에서 1만 G가 일반적인 시세다. 하지만 이걸 만들기 위해 해독 포션×10개를 [연금] 센스의 [상위변환] 스킬로 한 랭크 위의 포션으로 만들기 때문에 상당히 손해 보는 게 많다.

그러니까 적절한 가격의 포션 이외에는 별로 가게의 상품으로 내놓지 않는다.

"그거라면 10만 G 정도는 내지. 그리고 다음. 독약은 있어?"

"······너 누굴 독살, 아니, 암살?"

"무슨 소리야. 이건 대책 중 하나야."

뜨악한 시선을 미카즈치에게 보내자, 세이 누나가 난처한 눈치로 거들어주었다.

"이번에는 상태이상을 일으키는 독약을 써서 내성 계열 센스를 강제로 올리려는 거야. 안전하게 약한 몹의 상태이상 공격을 기다리는 것보다도 확실하니까."

독을 복용하여 몸을 적응시켜서 내성을 높인다 —— 무슨 닌자의 수행이야? 그런 딴죽을 걸고 싶어졌다.

"뭐, 있긴 한데. 상태이상 회복 포션과 마찬가지로 종류가 많아."

"그럼 정신 계열로 분류되는 분노, 혼란, 매료의 세 종류만 부탁해. 이거라면 높은 MIND 스테이터스와 내성 센스를 조합하면 제일 귀찮은 것만큼은 버틸 수 있어."

미카즈치의 말을 들으면서 그렇구나 싶어 감탄했다.

신체 계열 상태이상은 독, 마비, 수면, 기절, 이렇게 네 종류. 이것들은 DEF 스테이터스로 어느 정도 막을 수 있다.

정신 계열 상태이상은 분노, 혼란, 매료, 저주의 네 종류. 미카즈치가 말했듯이 마법방어인 MIND 스테이터스가 대응한다.

"그럼 상태이상 회복 포션 10만 G에 상태이상약이 10만 G. 상태이상약 쪽은 단가가 비싸."

나는 여름의 캠프 이벤트에서 채취한 각종 독초를 [아트리엘] 뒤쪽의 밭에서 재배했기 때문에 숫자가 나오지만, 상태이상약은 레어하다.

회복 포션과 비교해도 비싸기 때문에 이번에는 종류를 좁혔다.

하지만 석연치 않은 점이 있다 ──.

"몹의 상태이상공격이면 효율이 나쁘다고 했는데, 딱히 약에 의존하지 않아도 몬스터의 고기라든가 특정부위로도 대용할 수 있잖아."

나는 카운터 뒤의 아이템박스에서 비장의 포션을 꺼냈다.

작은 위치에 있는 아이템박스에서 꺼내기 때문에 떨어졌던 시선이 다시금 세이 누나와 미카즈치를 향하자, 두 사람은 어딘가 쓸쓸하니 미묘한 표정을 하고 있었다.

"그건 안 좋은 사건이었지."

"그래, 설마 그런 일이 일어날 줄이야."

"어, 뭐야?! 무슨 일이 있었어!"

내가 허둥거리면서도 두 사람에게 물었지만, 왜인지 미적지근한 시선과 지켜보는 듯한 자애로운 표정으로 이쪽을 바라볼 뿐이지 아무말도 없었다.

"왠지 무섭잖아! 무슨 일이 있었어! 세이 누나!"

그 뒤에도 세이 누나와 미카즈치는 결코 내용을 말하지

않고 내 공포심을 부채질할 뿐이었다.

●

세이 누나와 미카즈치가 [아트리엘]을 방문하고 이틀 뒤, 클로드와는 사정이 맞지 않아도 금방 만날 수 없었지만, 그동안에 [미니 포털]만큼은 구입하여 [아트리엘]의 공방에 설치했다.

걱정하여 들러준 세이 누나와 [미니 포털]의 구입을 위해 시내를 돌아다닌 것 외에는 공방 밖에 나가지 않고, 로그인 한 동안은 책을 읽든가 새끼 동물인 뤼이와 자쿠로와 느긋하게 놀든가, 혹은 포션이나 요리를 만들며 보냈다.

그리고 클로드와 약속이 잡힌 현재 [생산 길드]의 한 방을 빌려서 대면하였다.

"금방 대응할 수 없어서 미안하다. 악질적인 길드 권유나 PK에 시달린다고 하더군."

"뭐, 그래. 별로 실감이 없지만."

내 일이지만 참 느긋한 대응이구나 싶으면서도, 도저히 실감이 들지 않았다.

"한동안 몸을 숨기려고 준비 중이란 이야기는 들었다. 길드 권유 이야기는 우리에게도 원인이 일부 없는 것도 아니니까. 최대한 돕지."

"무슨 말이야?"

클로드의 갑작스러운 발언에 고개를 갸웃거리자, '윤도 간접적으로 관여되었지'라는 전제를 깔고서 클로드가 말을 꺼냈다.

"이 [생산 길드]의 설립 과정에서 길드를 만들기 위한 [길드증]의 가격이 급등한 것은 기억하지?"

"그래, 자금을 준비할 수 없어서 우리가 따러갔으니까."

얼마 전의 일을 떠올리면서 그게 이번 일과 어떻게 연관되는 건지 고개를 갸웃거렸다.

"가격이 뛰어도 언젠가는 정상으로 돌아오지. 매점했던 [상업 길드]가 이 이상 이익을 낼 수 없다고 판단하고 모았던 [길드증]을 매각, 그 결과 가격은 폭락하고 중소규모의 길드가 난립하는 지금 상황이 되었다."

"아, 그러니까 조금이라도 다른 곳보다 규모를 키우기 위해 길드 권유가 많았나. 그런 건 어쩔 수 없으니까 간접적이고 뭐고 할 것도 없잖아. 말 안 하면 모를 일인데."

그러며 한숨을 내쉬었지만, 도와준다면 도움을 받기로 하자.

"그럼 방어구를 이 [암자의 진흙]으로 강화해줄 수 있겠어?"

"알았어. 그럼 대신할 옷을 ── "처음에 입던 옷이 있으니까 됐어." ── 칫, 도망갈 길을 잘도 마련해놨군."

매번 클로드의 말빨에 넘어가서 코스프레를 할 순 없지.

"어쩔 수 없군. 내친 김에 방어구 쪽도 소재를 업그레이드

해서 강화해두지."

나는 장비를 바꾸어서 오커 크리에이터 일체와 [암자의 진흙]을 클로드에게 건넸다.

"새로 손보려면 시간이 걸린다. 그렇군. 사흘 뒤 오후면 될까? 그리고 이벤트 관련으로 부탁하고 싶은 것이 있다. 여기에 대한 보수도 물론 내지."

"딱히 급하게 몸을 숨기려는 것도 아니니까 서두르지 않아도 돼. 그리고 부탁이란 건 뭔데?"

나한테 부탁할 만한 일이 있을까. 있다면 리리에게 말했던 몇 가지 레시피에 대한 거겠지.

"윤이 [제충향]과 [불꽃]을 작성해주었으면 싶다. 리리한테서 [제충향] 레시피를 가지고 있다는 이야기를 들었으니까 [불꽃] 레시피만 건네주지."

클로드가 인벤토리에서 꺼낸 종이 한 장을 받아서 훑어보았다.

장난감 아이템인 [불꽃] 말인데, 필요 소재의 종류가 많은 반면 실용성은 낮았다.

"[흑폭석] [인혼결정] [강산성 젤리] [개구리 위장]…….
왜 이런 아이템이 필요해?"

"일단 생산 길드가 여는 이벤트의 개막식에서 쏘려는 생각이다. 마법을 하늘에 쏘기만 해선 판타지 색이 너무 강하니까 오히려 평범한 것을 쓰자는 생각이었지. [제충향]은 리리가 기획한 메인이벤트에 필요할 듯하다."

"[제충향]은 일부 실용성이 있지만 [불꽃] 같은 장난감 아이템의 레시피는 실용성도 없으면서 찾기도 어렵잖아? 용케 이런 걸 찾았네."

"윤은 아직 못 봤나? 캠프 이벤트의 책 중 하나에 장난감 아이템 모음집이 있지."

여름 캠프 이벤트 중에 특정 몹이 드랍하는 아이템 중에 책이 있었다.

그것들을 다 읽은 건 아니다. 내 [언어학] 센스는 아직 15밖에 안 되어서, 못 읽는 책도 있다.

"이해했어. 그럼 [제충향]과 [불꽃] 작성은 맡을게. 달리 이벤트 기획 등에 필요한 아이템 있어?"

"그렇군. 지금은 딱히 떠오르지 않지만, 만에 하나 필요할 가능성도 있을 테니까 가능한 범위로 소재가 모이거든 마음대로 해도 좋아."

생산 길드 주최의 이벤트는 이틀에 걸쳐 열릴 예정이다.

플레이어가 노점이나 가판대를 내고 아이템을 판매하는 —— 자유시장.

특설 스테이지에서 각자가 마음껏 퍼포먼스를 펼치는 —— 스테이지 쇼.

길드 회관 내부에서 벌어지는 상품의 경쟁 —— 옥션.

전투직, 생산직을 불문하고 플레이어들이 싸우는 —— PVP 대회.

그 외에도 자잘한 이벤트나 당일에야 공개되는 대형 이벤트가 개최된다는 모양이라서, 보기만 해도 재미있을 것 같다.

"그럼 나는 슬슬 갈게."

"그럼 몸을 숨기기 전에 한 번 마기를 만나고 와라. 지금은 마을 서문 밖에 있을 테니까."

"서문? 왜 그런 곳에?"

딱히 눈에 띄는 광석은 없고, 무엇보다도 클로드가 소유한 던전에서 수집할 수 있는 소재는 천이나 가죽 등의 소재가 태반이다.

"PVP 참가자의 스카우트다. 탐색에 별로인 밤시간대를 써서 전투 센스 레벨을 올리기 위해 자주적으로 PVP를 하고 있다."

"알았어. 가볼게."

클로드가 시키는 대로 길드 회관의 방을 뒤로 했다. 다시금 길드 회관 내부의 넓이를 구경하면서 건물 밖으로 나갔다.

밖에는 인공적인 빛을 밝히는 램프나 횃불이 마을 안을 희미하게 비추고, 위쪽을 올려다보면 밤하늘의 별빛이 잘 보였다.

제1마을의 거의 중앙에서 서문으로 향하자, 문 밖에는 빛이 없는 세계가 펼쳐졌다. 하지만 빛이 아예 없을 터인 평원 한구석에는 머리 위에 빛구슬을 몇 개 띄우고 플레이어들이 넓은 범위에서 무기를 들고 서로 싸우고 있었다.

"어라? 윤 군? 어쩐 일이야? 그리고 그 장비는?!"

내가 둘러보는데 마기 씨가 먼저 나를 발견하고 말을 걸어왔다.

"안녕하세요. 여기 있다고 그러기에 와봤어요. 그리고 장비는 클로드한테 강화를 부탁하느라 맡겼고요."

"그렇구나. 하지만 클로드가 이상한 짓 안 했어?"

"예, 대용 장비를 줄 것 같길래 이 초기장비를 갖고 왔지요."

눈을 흐리며 대답하자 마기 씨는 '아하하, 그거 정답이야' 라면서 메마른 웃음을 지었다.

"마기 씨는 분명히 PVP의 스카우트? 였지요?"

클로드에게 들은 말을 떠올리면서 물었다.

"그래. 밤이 되면 빛이 없잖아. 윤 군처럼 [매의 눈]을 이용한 암시능력이라든가 [광 속성 재능]을 취득하고 빛을 확보하는 방법은 아무나 다 할 수 있는 게 아니니까. 그렇게되면 밤 시간을 플레이어들의 PVP로 할애하는 사람이 있어."

"헤에, 그런가요."

눈앞에서 플레이어들이 일대일 전투를 거듭하고 자신의 전투기능을 갈고 닦는다.

"그러니까 이벤트 선전과 PVP 대회의 참가를 부탁하러 왔어."

감탄하면서 마기 씨의 이야기에 귀를 기울였다.

그 자리의 분위기로 참가해주는 플레이어는 있겠지만, 사전에 어느 정도 숫자를 모아두어야 한다는 점이나 플레이어들 사이의 관계에 따른 선전이라는 의미도 있겠다.

"그러니까 수수한 활동이야."

"열심히 하세요. 이쪽도 클로드한테 부탁받은 게 있으니까 그쪽으로 협력할게요."

"아, 그거 리리가 생각한 기획이지? 리리가 아주 기대하고 있으니까 잘 부탁해."

"알았어요. 그럼 이만 가볼게요."

마기 씨에게 고개를 숙이고 이 자리를 뜨기로 했다. 돌아갈 때 이쪽을 보던 남성 플레이어들의 말이 신경 쓰였다.

"어이, 저거 [보모]잖아. 하지만 왜 초기 장비지?" "장비 강화 때문에 벗었다는 모양이야. 난 평소의 핫팬츠가 좋은데. 예쁜 다리를 볼 수 있으니까." "멍청아, 초기 장비의 짧은 상의에서 보이는 배 근처가 좋은 거라고." "초기 장비의 수수함이 오히려 원석이라는 느낌이라 좋아. 나도 저 모습 좋아해."

그런 식으로 흘러나오는 욕망은 안 들려, 안 들려.

마기 씨가 뒤에서 검붉게 껌뻑이는 전투도끼를 꺼내더니 어깨에 메듯이 들었다.

"너희들! 우리 윤 군을 그런 이상한 눈으로 보지, 마!"

중량감 있는 전투도끼를 휘두르며, 욕망을 흘리는 플레이어를 쫓아다니는 마기 씨와 도망다니는 집단.

마기 씨는 화내는 것처럼 말하지만 얼굴이 완전히 웃고 있고, 도중부터는 놀리는 체셔 고양이 같은 웃음을 흘리고

있었다.

그 모습을 보면 완전히 쥐를 가지고 노는 고양이.

또 그걸 아는 플레이어들도 PVP 도중에 숨 돌리기로 어울려주었다.

"참나……. 자, 나는 [아트리엘]에 돌아갈까."

뒤에서는 마기 씨의 전투도끼에 붙잡혀서 한 명이 하늘을 날았지만 신경 쓰지 않고 그 자리를 뒤로 하였다.

3장   트렌트와 연금 몹

"후우, 오늘은 뭘 하며 지낸다?"

창문을 열어 시원한 바람을 방 안에 들여놓으면서 샌들 차림으로 정원에 나갔다.

"오빠는 휴일인데 OSO에 로그인 안 해?"

"주위가 시끄러우니까. 로그인해도 한동안은 사람 많은 곳은 피할 거야."

소파에 앉아서 휴대용 게임을 하던 미우에게 그렇게 대답하면서 가을의 맑은 하늘 아래에 세탁바구니를 들고 가서 빨래를 널었다.

휴일은 청소, 세탁, 식사 준비와 가사를 하지만, 할 일에도 한도가 있다.

"뭐, 로그인해서 책을……. 아, 그러고 보면 지금 있는 책도 다 읽었지. 도서관에 가야겠네. 하지만 사람이 많은 곳을 지나지 않으면 책을 못 빌리는데."

그렇게 중얼거리자 거실 소파에서 이쪽을 보던 미우가 퉁명스럽게 볼을 불룩거렸다.

"계속 방에 틀어박혀있으면 정신위생상 안 좋아!"

"아니, 게임할 때는 방에서 자고 있잖아. VR 기어를 쓴 채로. 그거랑 똑같잖아."

"아냐! 넓은 숲이나 평원을 걷기만 해도 기분전환이 되는데! 왜 자기 방보다도 어두운 장소에 틀어박히는 거야! 오빠, 조금은 외출을 해!"

"그래. 슬슬 된장이 다 떨어질 것 같으니까 보충할까."

"또 장 보러 나가는 이야기! 자기를 위해 시간을 써."

미우가 걱정해주는 것은 고맙지만, 이렇다 할 만큼 할 일도 없다.

"참나. 그럼 오후에라도 장 보러 나가면서 서점에나 들를까."

걱정시켰나 싶어서 미우를 보니, 의아한 듯이 고개를 갸웃거리더니 또 휴대용 게임기로 시선을 내렸다.

"그럼 나는 밥 먹고 나갔다 올 테니까. 뭐 필요한 거 있어?"

"그럼 파운드케이크 같은 과자!"

"오케이."

빨래를 다 널고 빈 세탁바구니를 들고 집 안으로 돌아왔다.

부엌에 널어놓은 에이프런을 들어 익숙한 동작으로 입으면서 미우에게 점심 식사 리퀘스트를 받았다.

"점심으로 뭐 먹을까?"

"그라탕! 치즈를 듬뿍 먹고 싶어!"

"그래. 그럼 간 고기와 토마토소스 그라탕이면 돼?"

냉장고에서 식재료를 꺼내어 준비하였다. 볶은 간 고기와 양파에 통째로 익힌 토마토를 더해서 수분을 날려버리고 딱딱하게 삶은 마카로니를 섞어서 그릇에 담은 뒤 위에 토마토

소스와 화이트소스, 치즈를 더해서 오븐으로 굽는다.

그라탕은 요리치고 간단히 만들 수 있지만, 그만큼 저녁 식사를 많이 만들지 않으면 만족하지 않겠지. 뭘 만들까 싶어서 고민하는데 미우가 문득 떠오른 것처럼 말하였다.

"그렇지. 오늘은 부모님이 일찍 돌아오신다니까 저녁 식사 준비는 안 해도 된대."

"그거 편해서 좋네. 그러면 찌개나 할까."

그럼 겉보기나 양을 신경 쓸 필요는 없다. 가사 고민거리가 없어지면 드디어 한가해진다.

준비된 점심 식사를 테이블에 차려선 미우와 함께 먹었다.

다 먹은 식기를 정리한 뒤에 나는 재빨리 옷을 갈아입고, 빌린 게임을 가지고 집을 나섰다.

"책이랑 식료품이라면 조금 멀긴 해도 역 앞의 백화점으로 갈까."

나는 교통기관을 이용하여 외출한다. 책이나 식료품 외에도 적당히 이것저것 구경하면서 백화점을 도는데 낯익은 모습이 보였다.

상대도 이쪽을 보았는지 인사를 해 왔다.

"안녕, 슌."

"안녕. 엔도도 장 보러 나왔어?"

"책을 사러 온 김에 과자도 조금."

"나는 휴일에 집에만 있으면 안 된다고 쫓겨났어."

엔도는 내 말에 어디든 똑같다면서 가볍게 웃었고, 나도 쓴웃음을 띠었다. 그리고 그녀는 뭔가 찾듯이 시선을 이리 저리 움직였다.

"왜 그래? 뭐 찾아?"

"어? 아니, 항상 타쿠미랑 같이 있으니까 오늘은 없나 싶어서."

"지금쯤 집에서 게임이라도 하고 있지 않을까? 그 녀석은 거의 폐인이고. 누구랑 파티라도 짰을지도? 우호관계는 넓으니까."

내 말에 '신랄하네'라고 말하며 웃는 엔도.

"그래, 없구나. 그럼 역시 혼자?"

"응. 여동생한테 맛있는 과자를 부탁받았지."

"여동생이랑 사이좋네."

"응. 뭐, 나쁘진 않나? 그래서 파운드케이크가 괜찮은 가게를 엔도가 좀 추천해주면 안 될까?"

"그거라면 내가 항상 사는 가게가 있어. 맛은 보증해."

엔도가 안내해준 가게는 양과자 전문 체인점으로, 잘게 포장된 상품이 진열되어 있었다.

"파운드케이크라면 여기가 맛있어. 나는 드라이프루츠와 브랜디 향기가 강한 쪽이 좋아."

"그래. 나는 어느 걸로 할까. 미우의 취향도 생각해서……."

다 맛있어 보여서 고민하였다.

엔도가 추천해준 드라이프루츠와 브랜디 쪽을 두 개. 그

밖에 레몬을 섞은 감귤 계열과 심플한 파운드케이크, 그리고 홍차맛을 몇 개씩 골라서 종이봉투에 담아달라고 했다.

"이만큼 사면 맛을 기억해서 나중에 재현할 때 참고가 될지도. 응."

"슌은 항상 도시락을 싸오는 걸로 아는데, 과자도 만드는구나."

"일단 미우가 먹고 싶어 할 때는 있는 재료로 만들 수 있는 범위로."

다만 최근에는 OSO 쪽에서 소재 혹은 식재료가 간단히 모이니까 점점 요리의 요구 레벨이 올라간 듯하다.

"그렇구나. 하지만 이 정도나 되는 걸 자기가 만들려면 재료비가 들잖아."

"그 점은 괜찮아. VR에서 마음 편히 연습할 수 있으니까. 나중에 레시피 같은 걸 조사해야…… 인터넷으로 조사하면 있지. 음, 뭐 이상한 말 했어? 얼굴을 빤히 쳐다보고."

"아, 아냐. 왠지 즐거워 보이는구나 싶어서 들었어. 다음에 슌이 만든 파운드케이크도 먹어보고 싶네."

"파는 것만큼 잘 만들진 못하지만, 가능하면 나눠줄게."

엔도의 희망을 접수해버렸다. 하지만 별로 문제는 안 되고, OSO 쪽에서 몇 번 연습해서 맛과 수순을 기억한 뒤에 만든 걸 줄까. 그런 마음에 마음속으로 계산을 해보았다.

"그럼 또 학교에서 보자. 잘 가."

"잘 가, 엔도."

부드러운 웃음을 지으면서 가볍게 고개를 숙이는 엔도.

그 뒷모습을 지켜보면서 숨을 내뱉었다.

"꼼꼼하고 책임감 있고 학급위원이란 느낌. 내가 만든 과자를 먹어보고 싶다니, 빈말이라도 기쁘네."

하지만 타쿠미를 찾았던 걸 보면 역시 타쿠미를 의식하나?

설마 타쿠미에게 봄의 예감이?! 혼자 그 광경을 상상하며 히죽거리는 채로 집에 돌아왔다.

마침 딱 간식 시간이라서 미우와 함께 방금 사온 파운드케이크 몇 종류를 비교하며 먹었다.

"오빠, 왠지 기분 좋은가 본데. 좋은 일 있었어?"

"아무것도 아냐. 그보다도 이 파운드케이크, 남이 권해준 건데 맛있네."

엔도가 권해준 케이크를 먹으면서 스스로도 왠지 기분 좋은 느낌이었다.

신기하다는 듯이 고개를 갸웃거리면서도 과자를 퍽퍽 먹는 미우.

그 뒤에 사온 책을 읽고 과자 레시피를 조사하며 하루를 보낸 뒤 OSO에 로그인한 것은 자기 전의 잠깐이었다.

일과인 [아트리엘]의 매상과 재고 관리. 그리고 내일 NPC 쿄코가 볼 지시를 남기고 로그아웃했다.

쿄코에게 남긴 지시 중에는 과자용 재료의 구입을 추가해 두었다.

클로드가 방어구를 돌려주기로 한 사흘 뒤 오후. 약속 시간 내로 강화를 마친 방어구가 도착했다. 위탁판매 상품을 건네러 간 NPC 쿄코를 통해서 전달해주었다.

CS No.6 오커 크리에이터 [겉옷]
DEF +29 추가 효과 : DEX 보너스, 자동 수복, 인식 저해

추가 효과는 겉옷에 달렸고, 맡겼던 방어구가 모두 보다 상위 소재를 사용하여 강화되었다.

오커 크리에이터가 없는 며칠은 생산 활동을 해도 1~2할의 확률로 실패, 혹은 생산 아이템의 품질 저하가 보였기 때문에 [DEX 보너스]의 효과가 얼마나 큰지 실감하였다.

"그렇긴 해도 이 좁은 공방에 틀어박혀 있어도 시끄러운 건 변함없다니."

사실 내가 없는 동안의 사건으로 [아트리엘]의 점포에 여러 파티의 플레이어가 단번에 몰려들었다.

그들은 [포슈 하운드] 길드라고 말하며 지난번에 실패했던 길드 권유를 계속하러 온 모양인데, 명백한 위압행위였다. 가게 쪽이 좀 시끄럽다 싶으면서도 나는 차가운 돌바닥에서 뤼이와 자쿠로를 쓰다듬으며 지냈다.

"몰랐던 나도 문제가 있었지만, 그 외에도 여러 문제 행위

85

가 있었지, 그 녀석들."

가게에 온 지인 플레이어가 프렌드 통신으로 연락해주지 않았으면 몰랐을 사건을 떠올리면서 즉각 길드 [포슈 하운드]의 멤버 전원을 가게에 출입금지시키고 그 사실을 클로드에게 보고.

"생산직을 얕보는 모양이네. 좋아! 전력으로 상대해주지!"

클로드에게 그 사실을 전해 들은 마기 씨는 열화와 같이 화를 냈다는 모양이다.

마기 씨의 호령 한 방에 생산 길드에 소속된 생산직 플레이어 대부분이 [포슈 하운드]의 악질적인 행위를 전파하였다. 또 다른 길드에서도 마찬가지로 피해를 입은 생산직이 일제히 동조하여 일부 길드를 따돌렸기 때문에 축소 일로를 걷는 길드가 나오기 시작했다.

"PK 길드 둘에 악질적인 권유를 하는 길드 여덟인가. 많은 생산직이 상대도 해주지 않아서 책임 전가한다니, 이틀 동안 사태가 많이도 움직였네."

조용히 좀 넘어갈 수 없는 걸까 싶어서 한숨을 내쉬고, 그 답답함에서 벗어나기 위해 나는 슬그머니 모습을 감추었다.

한동안은 새끼들과 함께 피크닉 기분으로 필드를 걸어 다니며 소재를 모으고 클로드의 의뢰를 처리하자.

새끼인 뤼이와 자쿠로는 아주 눈에 띄니까, 뤼이의 환술로 둘 다 모습을 감추게 하고, 설치한 [미니 포털] 앞에 섰다.

평소에는 오커크리에이터 후드 부분을 늘어트리고 그 안에 자쿠로를 넣었지만, 지금은 깊이 덮어쓰고 장비를 확인했다.

"좋아, 장비 준비는 완료. —— [미니 포털], 전이."

나는 뤼이와 자쿠로를 데리고 지난번에 등록한 마을로 날아갔다.

등록된 [미궁마을]이 목적이 아니라 남부의 습지대에 있는 소재가 목적이며, 에어리어에 들어가는 모습을 가급적 들키지 않기 위해서 [미궁마을] 쪽에서 들어가기로 했다.

"자, 여기서부터 거꾸로 짚어가볼까. [인식저해]가 어느 정도 효과를 발휘하려나."

조용한 습지대를 살펴보기론 눈에 들어오는 범위에 [간파] 센스에 반응이 있었다.

[미궁마을] 쪽으로 들어가서 처음 만나는 보스몹인 다크맨은 비선공몹이 되었지만, 언제 습격해올지 알 수 없기 때문에 시선을 떼지 않고 다소 서둘러 지나갔다. 다만 지나칠 때 왠지 모르게 슬쩍 인사한 건 일본인으로서의 천성일까.

"일단은 솔로용인 [인식 저해]의 효과가 어느 정도인지 조사해야지. 〈인챈트〉—— 어택, 스피드."

연잎 뒤나 얕은 진흙탕 속에 숨은 무어 프로그 무리를 센스로 확인하고, 그중 한 마리에게 화살을 겨누었다.

연잎을 관통하여 물속에 꽂힌 화살 공격은 뮤우 파티와 함께 전투 훈련했을 때와 거의 비슷한 거리에서 날렸다. 이

걸로 주위의 무어 프로그들이 일제히 덤벼든다. 이번에는 [인식 저해]의 추가 효과도 있어서 총 다섯 마리만이 걸려들었다.

"적의 감지범위의 저하가 첫 번째 효과인가. 그리고……."

투명화하여 모습을 감춘 뤼이와 자쿠로는 타깃이 되지 않기 때문에 개구리들은 내 쪽으로 덤벼들었지만, 백스텝으로 단숨에 거리를 벌리자 그중 몇 마리가 움직임을 멈추고 원래 자리로 돌아갔다.

"……추격범위의 저하인가? 뭐, 솔로라면 써먹기 좋겠네."

혼자 중얼거리며 다시금 거리를 벌리자, 공격한 녀석 이외에는 모두 돌아갔다. 아무리 어그로를 낮추는 효과가 있다고 해도 공격을 받은 녀석은 아무래도 쫓아오는 모양이다.

뮤우 파티와 함께 싸우며 배운 대처방법 ── 선수필승을 실행하였다.

개구리가 태클이나 혀를 사용한 공격, 물 마법을 사용하기 전에 숨도 쉴 수 없는 연속공격으로 쓰러뜨린다.

"── 〈봄〉."

활을 겨누면서 하급 지 속성 마법을 써서 대미지를 주었다. 단 한 마리가 상대라면 무서워할 것도 없다.

상대가 접근하는 동안에 화살과 마법을 범용하여 최대한 대미지를 주고, 접근했을 때 장비를 식칼로 바꾸고 점프에서 이어지는 돌격을 피한다.

"몇 번이나 싸워서 익숙해졌으니까 자연스럽게 피할 수 있게 된 건 성장일까?"

몇 번이나 일대일로 싸우면서 태클을 맞은 건 분했기 때문에, 회피 기능만큼은 오른 모양이다.

뛰어든 개구리의 뒤로 돌아가서 신발로 등을 짓밟아 움직임을 막고 머리에 식칼을 꽂았다. 석둑 하는 감촉과 함께 많이 줄어든 HP를 보고 아직 못 해치웠음을 확인, 다시금 찔렀다. 순식간에 무어 프로그의 모습은 소멸하고, 그 뒤에는 아무것도 남지 않았다. 다만 ──

"좋아, [불꽃]의 소재를 입수했군."

내가 손에 넣은 것은 무어 프로그의 드랍템인 [개구리의 위장]이다.

뮤우와 사냥할 때에도 입수했지만, 숫자는 넉넉하게 확보하는 쪽이 생산할 때 조정하기 쉽다.

"이대로 한 마리씩 안전하게 사냥하면서 세이프티 에어리어까지 갈까. 뤼이도 자쿠로도 조심해."

나는 모습을 숨긴 두 마리와 함께 적을 쓰러뜨리면서 세이프티 에어리어 방향으로 전진했다.

기습을 주체로 하는 몹이 많은 에어리어라서 적을 찾아서 선수를 친다.

무어 프로그 외에 비선공으로 핵이 노출된 노란색의 넓적한 젤리 형 몹 ── 점균 슬라임을 발견했다. 이것도 [불꽃]의 소재를 드랍하는 몹으로 [강산성 젤리]를 드랍한다.

화살 같은 점 공격 무기로는 약점인 핵을 노리기 어렵기 때문에, 지 속성의 〈봄〉을 네 발 쏘아서 쓰러뜨렸다.

이 에어리어에서 [불꽃]의 소재가 거의 모인다. 그건 몹만이 아니라 채취, 채굴로 모았을 경우에도 그렇다.

"어, 저기, 채취 포인트 아닌가. 하지만 점균 슬라임 무리 한가운데잖아."

어지간해선 모를 정도로 시커멓고 습한 흙이 노출된 장소가 채굴 포인트이고, 그 주위에는 노란 점균 생물이 몸의 일부를 지면에 내놓고 지면에 숨어서 무슨 이끼 같은 것을 먹기 위해 모여있었다.

다 해서 다섯 마리의 점균 슬라임을 상대로 하려면 한 마리를 공격하는 마법인 〈봄〉으로는 귀찮다. 같은 랭크의 슬라임보다 약하지만, 역시 여럿을 상대하긴 싫다.

"매직 젬을 몇 개 던져서 연쇄 보너스로 해치울 수 있을까? 하지만 보석은 아까우니까……. 응? 인포메이션이 왔는데?"

마침 방금 전의 무어 프로그와의 전투에서 [지 속성 재능]의 센스 레벨이 올라서 새로운 마법을 취득한 모양이었다.

이번 같은 복수의 몹을 상대로 하기에 딱 좋은 듯했다.

"일격으로 쓰러뜨릴 수 있을지 모르니까 보석을 추가해서 매직 젬으로…… 할 순 없나."

꺼낸 보석은 보통 사용하는 중간 사이즈의 보석이지만, 이거론 안 되었다.

"그럼 일격의 위력을 높이고 남은 놈을 쓰러뜨리는 방향으로. 〈인챈트〉 —— 인텔리전스."

INT를 올리는 인챈트를 스스로 걸고 지면에 손을 대었다.

"—— 〈어스퀘이크〉."

나를 중심으로 국지적인 범위로 지면이 요동치고 잠깐 몸에 흔들림이 느껴졌다.

지 속성의 제4마법인 〈어스퀘이크〉는 자신을 중심으로 한 포인트 일대에 지진을 발생시키는 마법이다.

부차적인 효과로 지진 중에는 상대가 가벼운 스턴 상태가 된다. 땅속을 이동하는 웜이나 지금 숨어있는 무어 프로그나 점균 슬라임 등에 대해서 강력한 성능을 가졌다.

다만 사용하기가 대단히 불편한 마법이었다. 아군에게는 대미지가 발생하지 않지만, 흔들림을 직접 느끼기 때문에 아군의 행동을 저해하는 원인이 되기도 한다.

또한 다른 파티가 근처에 있을 경우에는 쉽사리 쓸 수 없다. 대형 몹의 발을 묶으려고 해도 자신을 중심으로 한 범위이기 때문에 실질적인 효과범위가 너무 좁다.

그 외에도 비행 몹에게는 무의미하여서, 쓰기 불편하기로 유명하겠지.

"쓰러진 건 두 마리인가. 뭐, 좋아!"

지면에 숨은 점균 슬라임은 솟아나듯이 나타나서 절반 정도가 쓰러졌다. 초동이 늦어서 남은 점균 슬라임의 중심지에 매직 젬을 두 개 정도 던져서 폭파, 쓰러뜨렸다.

"일격으로는 죄다 못 없애나. 역시 이제야 센스를 키우기도 했고 내 레벨이 낮은 탓이겠지. 생각보다 마법 위력이 안 나왔어."

반성할 점은 많지만, 그보다 먼저 채취 포인트를 캐야겠지.

곡괭이를 사용하는 채굴 포인트와는 달리, 여기에서는 인벤토리에서 농작업용 삽을 꺼냈다.

채취 포인트의 흙을 가벼운 소리를 내며 퍼퍽 파내자, 한 손에 쥘 정도의 시커먼 돌이나 하급 광석, 보석 원석이 나타났다.

방금 전에 쓴 매직 젬보다도 숫자가 많았으니, 흑자라고 생각해도 되겠지. 내가 찾던 아이템이기도 해서 만족했다.

시커먼 돌 —— [흑폭석]을 주워서 인벤토리에 갈무리했다.

숫자는 8개밖에 안 되기 때문에, 그 자리를 떠나 다른 채취 포인트를 찾았다.

마찬가지로 시커먼 지면을 찾아서 채취를 거듭했다.

이따금 무어 프로그 무리 안에 있는 포인트는 너무 밀집한 것 같아서 [인식 저해] 효과가 안 통할 것 같기에 포기. 때로는 다른 채취 포인트에서 약초 계열 소재나 광석 계열 소재를 보충하면서 유의미한 시간을 보냈다.

"세이프티 에어리어에 왔으니까 휴식하자. 이리 와, 뤼이, 자쿠로."

나는 습지대에서도 조금 높은 위치에 있는 지면에 앉고

나무 한 그루에 등을 맡겼다.

넓적다리를 짝짝 때려서 파트너들을 부르자, 여태까지 환술로 숨겼던 모습을 드러내어 내 무릎에 머리를 올리는 뤼이와 손등에 목덜미를 비비는 자쿠로를 쓰다듬었다.

크게 심호흡했다가 숨을 내뱉고, 느긋한 해방감을 맛보았다.

최근에는 몸을 숨길 준비가 끝날 때까지 좁고 어두운 공방에서 틀어박혀 지냈다. [아트리엘]이 싫은 건 아니지만, 이런 솔로 플레이의 해방감이 오래간만에 기쁘게 느껴졌다.

"의외로 정신적으로 지쳤을지도 모르겠군."

혼자 중얼거리고 힘을 쭉 뺐다.

잠시 동안 의미도 없이 멍하니 있었던 뒤에 인벤토리에서 샌드위치를 꺼냈다.

그걸 뤼이와 자쿠로가 먹기 쉽게 잘라 주고서, 두 마리가 먹는 모습을 관찰하고 살짝 미소 지었다.

"아아, 마음이 푸근해진다."

쪼듯이 먹는 자쿠로와 한입에 3분의 1 정도를 깨물고 맛보는 뤼이의 모습을 보면서 내 몫의 따끈따끈한 홍차를 담은 물통을 꺼냈다.

디자인이 다소 판타지풍이지만, 인벤토리에 넣어둔 채라서 식지도 않았고, 설탕을 넣어서 달달하게 만든 홍차에 후욱 한숨이 나왔다.

"하아, 홍차가 맛있다."

인기척도 없기 때문에 깊이 눌러쓴 후드를 벗고 머리카락 사이의 뜨거운 공기를 내보냈다.

소풍이라도 온 것처럼 풀어져 있던 나는 문득 세이프티 에어리어 경계 위에 떠도는 존재를 발견했다. 흔들흔들 움직이는 노란색 불구슬이 이쪽에게 어필하듯이 8자를 그렸다.

"위스프인가. 이렇게 된 거 조금 나눠줄까."

무거운 엉덩이를 일으켜서 노란색 불구슬 쪽으로 다가갔다. 위스프 —— 정확하게는 윌 오 위스프라는 몹이다. 도깨비불이나 혼령 같은 고스트 계열의 몹이다.

불의 색깔로 희로애락을 표현하고, 기쁨의 녹색, 분노의 적색, 슬픔의 청색. 그리고 지금은 즐거움의 황색.

점균 슬라임과 마찬가지로 비선공 몹으로 대단할 것 없는 위스프는 쓰러뜨리면 [불꽃]의 소재인 [인혼결정의 파편]을 드랍하지만, 그 이외의 입수방법도 있다. [인혼결정의 파편]은 불꽃에 필요한 [인혼결정]과 같은 효과지만, 숫자가 적고 다섯 개를 모아야 1개 분량이 된다.

"이거 먹을래?"

뤼이와 자쿠로는 나무 옆에서 기다리게 하고, 혼자 노란색 위스프의 앞으로 나아갔다.

방금 전에 채취한 하이 포션의 소재인 약령초 다발을 위스프의 눈앞으로 내밀었다.

빛에 이끌린 벌레처럼 약령초에 다가오는 위스프. 위스프의 불꽃이 내 손을 감쌌지만, 적대하지 않는 위스프의 불꽃은 열기가 느껴지지 않는다.

불꽃이 핥듯이 약초 다발을 만지자, 아이템이 빛의 입자가 되어 소멸…… 아니, 위스프에게 흡수되고 위스프의 불꽃이 기쁨의 녹색으로 변했다.

그리고 모든 약초를 다 먹은 위스프는 내 손에서 떨어지더니 불꽃으로 구성된 몸을 떨었다.

투욱, 하는 소리와 함께 위스프의 몸에서 하얀 결정이 떨어졌다.

그게 두 개, 세 개, 지면에 떨어져서 작은 산을 만들었다.

"인혼결정이 꽤나 나오네. 이 정도면 충분할까?"

위스프는 사물의 생기를 빼앗아서 사는 몹. 적대하지 않는 위스프에게 이렇게 아이템을 주면 위스프의 체내의 잉여에너지를 은혼결정으로 추출할 수 있다.

쓰러뜨리면 결정의 파편밖에 입수할 수 없지만, 이렇게 일부 야생몹과의 물물교환은 나름 재미있고, 무엇보다도 평범하게 쓰러뜨리는 것보다 좋은 아이템이 손에 들어온다.

"어, [은혼광석]도 섞여 있나. 이거 레어 드랍 중에서도 또 확률이 낮은데. 이거 운수 좋네."

주운 아이템을 인벤토리에 넣고 결과에 만족했다.

최종적으로 [인혼결정] 23개와 [인혼광석] 2개를 입수했다.

내 손에 엉겨 붙은 위스프와 잠시 동안 장난치자, 기다리는 것에 싫증난 뤼이와 자쿠로가 내 옆으로 다가왔다.

자쿠로는 가벼운 몸이라 내 옷에 매달려서 끌어당기는 느낌이지만, 뤼이의 경우는 짧은 뿔이 나를 찌르지 않도록 조심하면서도 나를 쿡쿡 찔러서 불만을 표시한다.

"우왓?! 미안! 그럼 탐색을 재개할까."

내가 놀라는 바람에 허공으로 사라진 위스프를 지켜보면서, 휴식은 이 정도로 하고 다시금 습지대의 탐색을 시작했다.

●

남쪽 습지대 탐색을 계속하는데, 제1마을 쪽에서 남녀 2인조의 플레이어가 이야기하면서 이쪽으로 다가왔다.

"그러니까! 이쪽에 왔잖아! 나는 얼른 차이를 벌리고 싶어!"

"무리라니까. 견실하게 가자. 부탁이니까 내 말 좀 들어."

나이는 뮤우와 비슷한 정도일까. 어깨를 으쓱 치키며 성큼성큼 걷는 소녀와 그걸 만류하는 소년의 대화를 들어보면 고렙 지역에서 뛰어보고 싶은 플레이어가 이쪽에 흘러온 모양이다.

장비를 보면 초기장비인 듯.

OSO의 정식 서비스가 시작되었을 무렵에는 흔히 보던 장비가 그립게 여겨졌다.

촌스러운 인상을 주는 초기장비도 지금은 오히려 초심자다운 풋풋한 느낌으로 보였다.

내 시선을 알아차렸는지 소녀와 눈이 마주쳐서 의아한 시선을 받았다.

경계를 좀 산 모양이라서 후드를 쓴 채라서 수상하게 여겨졌나 생각하는 사이에, 소년 쪽은 가볍게 인사를 하더니 다시금 소녀를 설득하였다.

다만 레벨과 맞는 에어리어에서 만났으면 그대로 지켜보았겠지.

여기선 참견일지 모르지만 막을까.

"아니, 뭐 하는 거야? 견실이네 뭐네 하는 문제가 아니잖아."

경계도 없이 습지대에 들어가는 소년소녀 2인조. 아직 초입이라고 해도 용케 무어 프로그의 기습을 받지 않고 여기에 왔다 싶어서 두 사람의 운에 한숨이 새어 나왔다.

"지금 그 사람 뭐야? 솔로인 걸 보면 제법 강한 걸까? 후드는 멋을 내려고?"

"또 그런 소리나 하고! 이쪽 쳐다보잖아!"

참견하지 말까 싶어서 시선을 흐리는 나. 하지만 잠깐 눈을 뗀 사이에 사태가 움직였다.

"라이, 저기에 채취 포인트가 있잖아. 여기 아이템을 가지고 돌아가면 고생 안 해도 아이템을 살 수 있어."

"걱정도 많긴. 알았어. 행인지 불행인지 적이랑도 안 만났고. 만났으면 쓰러뜨려서 경험치로 만들었을 텐데."

내가 눈을 뗀 틈에 조금 떨어진 장소에 있는 채취 포인트로 향했다. 하지만 그 장소는 방금 전에 내가 탐색할 때 피한 장소다.

"잠깐! 거기는 ──"

막으려고 소리쳤지만, 나무 밑동에 있는 채취 포인트로 향하는 두 사람.

나는 인벤토리에서 식칼을 뽑아들고 왼손에 [클레이 실드] 매직 젬을 쥐었다.

두 사람이 가는 곳은 숨겨진 무어 프로그 무리가 아니다. 나무로 의태한 몹 트렌트다.

"뭐야. 우리한테 아이템을 빼앗기기 싫어서 그래?"

"웃, 그 사람이 이쪽으로 와!"

이쪽을 돌아본 두 사람은 나를 보고 표정을 굳혔다.

참나, 무모한 애들을 막기 위해 달려드는 꼴이 되다니. 그리고 PK로 오해를 사서 겁주는 건 사양인데 말이야. 속으로 그런 푸념을 내뱉으면서도 돌격을 멈추지 않았다.

"우리를 방해하게?! 알, 해치워!"

"라이. ……알았어."

어이, 둘 다 무기를 꺼내고 이쪽을 향해 들이대지만, 트렌트에게 등을 돌리고 있다니 웃기는 소리다.

두 사람의 뒤에서는 트렌트가 서서히 의태를 풀고 나무 줄기를 무럭무럭 키우며 눈과 입 같은 구멍이 생겨나서 기

분 나쁜 웃음을 씨익 띠우며 나뭇가지를 날카롭게 가다듬
었다.

"뤼이, 물방패! 〈인챈트〉 —— 디펜스, 스피드. 〈커스드〉
—— 어택!"

나는 속도 인챈트로 단숨에 거리를 좁혀서 무기를 든 두
사람의 옆을 빠져나갔다. 접근한 내게 엉성한 자세로 창을
찌르는 소녀의 공격을 피하고 지팡이를 두 손으로 든 소년
조차 빠져나가서 트렌트의 날카로운 가지의 창을 후렸다.

"뭐, 뭐야?! 꺄악!"

"우왁!"

내가 두 사람 사이에 끼어들어서 날카로운 가지의 창을
막아내고 베어냈지만, 그건 내 손이 닿는 범위다. 사정거리
가 짧은 식칼로는 베어낼 수가 없어서, 내 좌우를 돌아들어
두 사람에게 향하는 공격.

하지만 나는 내가 할 수 있는 범위의 일을 하고 뒤에게 맡
겼다.

"나이스, 뤼이! 너희들, 얼른 도망쳐!"

두 사람을 꿰뚫으려던 가지의 창을 뤼이의 물방패가 막아
냈다. 내가 커스드로 공격력을 낮춘 일격을 멋지게 막아주
었다.

나는 뻗은 가지를 쳐내어서, 나무 의태 상태에서의 기습
을 막았다.

다만 모든 공격을 막아낸 건 아니다. 내 머리를 노린 공격

만큼은 몸에 너무 가까워서 막을 수 없어서 스쳤다. 그때 쓰고 있던 후드가 벗겨져서 머리카락이 드러났지만, 지금은 그걸 신경 쓸 때가 아니다.

"……예쁘다."

"으, 응."

"멍하니 있지 마! 뤼이를 따라서 도망쳐!"

멍하니 있는 두 사람에게 소리쳐서 정신 차리게 했다.

"나나! 도망치자."

"나나라고 하지 마. 지금은 라이나야!"

"미, 미안. 라이."

"너희들, 얼른 가."

뒤쪽의 여유 있는 대화를 들으면서 날아드는 가지의 창과 덩굴의 채찍을 식칼 하나로 막아냈다. 처음부터 공격을 버리고 방어에 치중했지만, 적의 공격 타깃이 나로 옮겨오지 않았다.

이 정도로 방해하는데도 타깃이 변하지 않는 것에 애가 타면서도 한 가지 사실이 떠올랐다.

"제길! 그런 거냐!"

새롭게 방어구에 붙은 추가 효과 [인식 저해]에는 적 몹의 어그로를 낮추는 효과가 있다. 후위나 유격 역할을 맡은 플레이어에게는 유효하지만, 타깃을 자기로 바꾸려면 대미지를 평소 이상으로 주어야만 한다.

"넌 우리더러 도망치라고 했지만, 우리도 싸울 수 있으니까!"

"지금 나서지 마! 공투 페널티가 발생해!"

"큭……."

"안 돼. 도망칠 타이밍이 안 나와."

채 막아내지 못한 트렌트의 공격은 인챈트로 방어력을 높인 몸으로 받아냈지만, 그래도 슬금슬금 HP가 깎여나 갔다.

"여기선 죽기 살기로 단숨에 대미지를 주어야지!"

쥐고 있던 [클레이 실드] 매직 젬을 지면에 던지고 새롭게 [봄]을 몇 개 꺼냈다.

그걸 트렌트 쪽으로 던지고 키워드를 외웠다.

"—— [클레이 실드], [봄]!"

떨어뜨린 보석을 기점으로 흙벽 하나가 솟구쳐서 가지의 창을 흙의 장벽으로 막아냈다. 그 끝이 흙벽을 살짝 깨뜨린 것이 보였다.

그 직후에 울리는 [봄]의 다중폭격 소리가 흙벽 너머로 충격을 전했다.

뭉게뭉게 일어나는 흙먼지와 갑작스러운 폭음에 주저앉은 2인조에게 도망치라고 외쳤다.

"도망쳐! 뤼이, 자쿠로, 앞서 가!"

내 목소리에 여태까지 2인조를 지키던 뤼이가 습지대의 출구로 향했다. 나는 그 뒤를 따라가라고 두 사람의 등을 떠밀었다.

"나도 도망 —— ?!"

어깨와 옆구리에 뭔가가 꽂혀서 반사적으로 그쪽을 보았다.

꽂힌 것은 딱딱해진 선명한 녹색의 잎사귀. 그게 흙벽을 우회하듯이 곡선 궤도를 그리며 내 쪽을 향했다.

"하하, 수리검이냐."

이어서 차츰 무너지는 흙벽 너머에서는 사냥감을 놓쳐서 분노의 표정을 짓는 트렌트가 보였다.

입가는 그대로 기분 나쁜 웃음을 지었지만, 곤두섰던 눈구멍이 내 모습을 보고 다시금 웃음으로 돌아왔다.

"뭐야, 놓쳐서야 간신히 나로 타깃을 바꾸었나. 너무 늦잖아."

푸념을 했지만, 날아온 잎사귀의 표창을 온몸에 맞아서 자세가 무너졌다.

남은 HP도 3할. 얼른 포션으로 회복하지 않으면 위험하다고 생각하면서도 눈앞의 트렌트를 올려다보았다.

"어이, 어이, 이 상황에서 전력이냐."

가지 몇 개가 꼬이듯이 모여들고 끝부분이 굵은 혹을 만들었다. 그걸 단적으로 표현하자면 곤봉일까. 그걸 드높게 쳐들었다.

"참나, 전원 무사 생존 같은 건 강한 녀석이 아니면 못할 짓이네."

나는 여전히 약하구나. 마지막으로 자조 같은 한숨이 새어 나오는 가운데 목소리가 들렸다.

"── 〈소환〉. 가라, 브론즈 골렘!"

불쾌한 형태의 구멍으로 표정을 만드는 트렌트.
그 얼굴에 적동색 주먹이 꽂혔다.
풍압마저 동반한 금속 덩어리의 출현에 움직일 수 없
었다.
적동색으로 빛나는 거인이 습지대의 지면에서 생겨나서
트렌트가 공중에 떠오를 기세로 공격했다.
트렌트와 적동색 골렘. 그리고 나와의 사이에 한 플레이
어가 뛰어들었다.
브론즈 골렘이 나와의 전투에 개입한 결과, 공투 페널티
의 검은 오라를 띤 골렘과 그 소환자.
약해진 브론즈 골렘이 트렌트에게 붙잡혔다.
"어, 어이! 공투 페널티가 발생했어!"
"그래…… . 미리 사과해두지. 미안해."
내 손을 잡은 것은 얼굴 위쪽을 가면으로 덮은 미인이었
다. 긴 크림색 머리를 갈라땋아서 어깨 앞쪽으로 늘어뜨린
모습과 기계 같은 목소리는 이쪽에게 중성적인 인상을 주
었다.
그 가면 미인은 허리의 벨트에 꽂은 칼집에서 검을 한 자
루 뽑았다.

양날검이지만, 칼날에는 같은 간격으로 홈이 들어있는 신기한 검을 내 어깨에 대더니 끄트머리로 가볍게 찔렀다.

"아프잖아!"

"골렘! 전력으로 트렌트를 쓰러뜨려!"

가면 미인은 가장 간단한 공투 페널티의 해제방법인 나를 향한 공격을 최소 대미지로 넣더니 브론즈 골렘에게 지시를 내렸다.

검은색 오라를 띠고 트렌트에 덩굴에 붙들렸던 적동색 거구가 오라와 덩굴이라는 이중의 속박에서 해방되어 날뛰었다.

뒤쪽에서 보는 우리에게까지 닿는 풍압을 동반한 적동색 주먹. 골렘의 거구에서 나온 일격은 트렌트의 줄기를 부수고 깨뜨렸다.

어울리지 않게 큰 두 주먹으로 트렌트의 안면에 해당되는 줄기를 붙잡고 바이스처럼 힘을 넣었다. 그 압력에 대미지가 슬금슬금 축적되고 트렌트의 HP를 확실하게 깎아내었다.

"그대로 짓뭉개버려!"

가면 미인의 지시에 단숨에 압력을 높이는 골렘.

트렌트는 도망치려고 가지의 창과 덩굴 채찍, 가지를 모은 곤봉으로 골렘을 두들겼지만, 광택 있는 적동색 몸의 표면을 스칠 뿐, 탈출은 이룰 수 없었다.

[키, 키이이이이야야야야]

마지막에는 나무에 금이 가고 귀에 거슬리는 단말마의 비명을 지르면서 골렘에게 박살났다. 으깨진 나무파편이 빛의 입자가 되어 서서히 사라지고, 트렌트의 몸은 차츰 소멸하였다.

"……드랍은 트렌트 우드네. 괜찮아? 회복 필요해?"

"아, 아니, 괜찮아! 회복은 혼자 할 수 있어."

인벤토리에서 하이 포션을 꺼내어 마셨다.

그동안에 눈앞의 인물을 관찰했지만, 예쁘게 땋은 머리를 흔들며 입가에 미소를 짓고 있었다. 가면으로 눈가를 숨겼지만, 체형은 확실히 여성임을 드러내었다.

"그렇게 경계하면 난처한데. 분명히 공투 페널티를 해제하기 위해 공격해서 적대한 것에 대해서 설명하지 않은 건 미안하게 생각해."

"아니, 그건 신경 안 써."

"그래, 그럼 다행이야."

"저기…… 고마워. 덕분에 살았어."

그 모습에 조금 경계한 건 틀림없다. 하지만 여기 OSO의 세계에서는 더 기발한 녀석이 많다. 그와 비하면 그래도 귀여운 축이겠지. 오히려 멋을 부리고 싶어 하는 또래의 소녀라는 식으로 보면 미소가 절로 나왔다.

"……왠지 아주 귀여운 미소인데, 이상한 생각하는 거 아니지?"

기계 같은 목소리로 질문을 했지만, 그런 건 아니라고 단

언했다. 우리 뮤우만이 아니다. 그 외에도 [아트리엘]에 오는 특색 있는 플레이어들에게는 어떤 롤플레이나 캐릭터에 대한 집착이 있다.

"하아, 뭐, 좋아. 그럼 돌아갈까."

"그래. 뤼이랑 자쿠로는 제대로 유도했을까?"

"아까 그 애들이랑 아는 사이야?"

"아니, 초심자가 무모하게 여기에 흘러들었기에 도와줬을 뿐."

기막히다는 듯이 한숨이 돌아왔다. "알지도 못하는 사람을 돕다가 자기도 죽을 뻔하다니……"라는 말과 함께 가면 안쪽의 눈이 이쪽을 바라보았다.

그 압력에 메마른 웃음을 흘렸다.

"그, 그보다 아까 그 플레이어들을 찾아야지!"

도망친 방향은 제1마을 쪽이었기 때문에 그쪽으로 가면 괜찮겠지.

내가 앞장서서 습지대를 걷자 가면 플레이어가 나란히 걸었고 골렘이 그 뒤를 쫓듯이 따라왔다.

때때로 뒤를 돌아보며 골렘을 확인했다.

적동색 거구. 머리의 눈에 해당되는 부분에는 지성 같은 것이 느껴지지 않지만, 저 싸우는 모습은 든든하게 느껴졌다.

그런 강력한 골렘을 사역하는 이 플레이어는 상당한 숙련자겠지.

"그래. 자기소개가 아직이었군. 나는 윤. 잘 부탁해."

"그래. 지금 이름은 에밀리오라고 불러줘. 남들한테는 —— [소재상]이라고 불리고 있어. [보모] 윤."

내가 불쾌함에 얼굴을 찌푸리자, 기계 같은 웃음소리를 살짝 흘리는 에밀리오.

"미안, 정정할게. [아트리엘] 점주 윤."

"으음, 아까 별명은 안 좋아하는데……."

"주의하지."

그렇게 가볍게 흘려 넘기는 타이밍에 숲의 입구가 보였다.

숲과의 경계에서 기다리던 뤼이와 자쿠로가 내 쪽으로 달려오기에 받아 안아주었다.

나를 걱정한 만큼 달라붙는 뤼이와 자쿠로를 쓰다듬는 한편, 브론즈 골렘을 목격한 초심자 플레이어 두 사람은 그 자리에서 올려다보며 얼이 빠졌다.

두 사람이 진정하고 이야기를 할 수 있게 되기까지는 시간이 다소 필요했다.

4장 초심자 플레이어와 소재상

"저기……. 도와주셔서 감사합니다. 역시 초심자가 도전하기에는 무리였네요. 아, 저는 알파드라고 합니다. 편하게 알이라고 불러주세요."

"……나는 누나인 라이나드야. 라이나라고 하면 돼."

도와준 2인조를 진정시키고 [소재상]과 함께 마주앉아서 자기소개를 하였다.

누나인 라이나 쪽은 애쉬 블론드를 쇼트컷으로 치고 옆머리를 길게 길렀다. 살짝 곤두선 눈과 불쾌함을 숨기지 않는 표정은 기승스러운 인상을 주었다.

지금도 도와준 것에 감사하는 건지 반발하는 건지 알기 어렵게 짧은 말로 자기소개를 하였다.

동생인 알은 검정보다 잿빛에 가까운 머리칼에 조금 가느다랗고 처진 눈과 부드러운 분위기를 띠었다. 라이나의 기승스러운 태도에 대해 사과하는 걸 보면 누나 라이나에게 휘둘리는 걸지도 모르겠다. 자매에게 휘둘리는 모습에 왠지 모를 공감을 느꼈다.

"나는 윤이야."

"나는 에밀리오라고 불러주면 돼."

나와 [소재상]은 짧게 자기소개를 하고 본론에 들어갔다.

"그래서 당신들은 왜 저런 곳에 있었지?"

"……."

"됐어, 라이. 내가 말할게."

퉁명스럽게 입을 다문 라이나를 대신해서 알이 설명을 시작했다.

"저희를 보면 아시겠지만, 오늘이 OSO 첫날입니다."

라이나와 알은 OSO를 베타 때부터 알았고, 베타 테스터에 응모했다가 떨어졌다고 했다.

그 후 제1차 생산 VR 기어를 입수하지 못했지만, 이번에 제2차 생산 VR 기어를 구입해서 간신히 게임을 시작할 수 있었다.

"그래, 당신들은 후발 플레이어들이로군."

"예. 일단 저는 느긋하게 즐기면 된다고 생각하는데…… 라이가."

"뭐야, 강해지기 위해 리스크가 큰 방법을 택했을 뿐이야. 나라면 잘 할 수 있어."

알의 말에 라이나가 화를 내면서 반발했다.

사춘기란 복잡하다고 생각하면서도 알에게 시선을 보내어 이야기를 재촉했다.

"라이는 OSO를 진짜 하고 싶어서, 인터넷에 올라온 공략 사이트 같은 걸 보고 다니고 플레이 동영상을 보면서 자기 머릿속으로 생각해서……. 그러니까."

"자기도 할 수 있다고 생각한 레벨업 방법이라도 찾았어?"

기계적인 울림을 띤 [소재상]의 말에 알이 고개를 끄덕였다.

　"[무어 프로그를 저레벨 솔로잉 토벌]이란 동영상이었습니다."

　"……뭐? 무슨 소리야?"

소지 SP 21
[활 Lv33] [장궁 Lv4] [매의 눈 Lv43] [속도 상승 Lv25]
[간파 Lv6] [마법 재능 Lv43] [마력 Lv46] [부가술 Lv19]
[조약 Lv24] [지 속성 재능 Lv16]
대기
[연금 Lv30] [합성 Lv30] [조금 Lv1] [수영 Lv13]
[생산의 소양 Lv32] [조교 Lv7] [언어학 LV16] [요리 Lv23]

　지금의 내 센스를 확인했지만, 평균 레벨은 약 26이다. 그보다 낮은 레벨로 어떻게?

　"아, 그 동영상 말이지. 그건 특정 전술, 전략, 장비를 이용한 싸움이야. 게다가 상당히 숙련된 플레이어 스킬이 필요해."

　"하지만 그 동영상에서는 했어!"

　"그러니까 무모하다고. 그 동영상 제작에는 난입이 없도

록 사전에 불필요한 몹을 협력자들이 제거했어. 당신들한
테 그렇게 해줄 친구가 있어?"

어딘가 차가운 인상의 목소리로 딱 잘라 말하는 [소재상]
에밀리오의 정론에 라이나가 입을 다물었다.

"그렇겠죠. 역시 경험자의 말은 들어야 해, 라이."

"그래도! 나는 강해지고 싶어!"

"무모한 짓을 해서 데스 페널티를 받는 것보다는 자기가
갈 수 있는 범위로 가면 되잖아? 동생까지 끌어들여도 되겠
어?"

강해지고 싶다고 말하지만, 내가 그렇게 지적하자 분한
듯이 입을 다무는 라이나. 동생 쪽은 자길 신경 쓰지 말라
고 말하지만, 라이나는 조급한 마음에 시야가 좁아졌던 것
을 자각하고 쇼크를 받은 모양이었다.

"그럼 이야기는 끝났군. 나도 [소재상] 에밀리오 씨한테
도움받은 쪽이니까 잘난 척할 순 없지만, 오늘은 변덕으로
도와준 거야. 그러니까 우리는 이제 간다."

"── 잠깐!"

나는 그런 말을 남기고 뤼이와 자쿠로와 함께 떠나려고
했지만, 알이 붙잡았다.

"저를, 아뇨, 저와 라이를 강하게 만들어주세요! 부탁드
립니다!"

"아니, 알! 무슨 소리야!"

"하지만 우릴 구해준 사람이야! 여기서 부탁하지 않으면

113

부탁할 사람이 없어! 안 그래도 라이의 태도가 퉁명스러우니까!"

"알! 남들 앞에서 누나를 헐뜯다니 배짱도 좋네! 동생 주제에, 쌍둥이 동생 주제에 누나보다 잘난 척하지 마!"

눈앞에서 꺄악꺄악, 와아와아 싸우는 남매의 모습이 '얘네는 진짜 싸워본 적이 없군' 하는 생각이 들었다. 특히나 라이나의 자잘한 행동이나 말씨가 뮤우를 떠올리게 하는 부분도 있었다.

하지만 나는 도와줄 만큼 강하지도 않고, 가르쳐줄 수도 없다.

"그럼 이야기가 길어질 것 같으니까 난 이만 ――"

"도망치지 마세요! 길드 권유가 심해서 의지할 사람이 없으니까요! 여기서 이렇게 싹싹한 사람을 놓칠 수는 없어요!"

"……나랑은 관계없는 것 같은데."

나와 [소재상]의 손을 놓치지 않도록 붙잡은 알은 아무리 떼어내려고 해도 놓지 않겠다는 마음이라서, 나로서는 뿌리칠 수 없었다.

게다가 [길드 권유]라는 말이 묘하게 걸렸다. 그러니까 몇 가지 패턴이 머리를 스쳐서 발을 멈추었다.

"하아, 진짜로……."

"도와줄 거야?"

"뭐, 이 경우는 어쩔 수 없지 않나?"

어쩌면 원인의 일부는 나한테 있을지도 모른다.

길드의 난립 현상은 [생산 길드]와 [상업 길드]의 경쟁에서 시작되었다.

생산직의 지원 길드인 [생산 길드]를 세울 때, 시장에 존재하는 [길드증]을 구입하여 설립할 예정이었다. 그걸 [상업 길드]가 매점하여 가격을 끌어올렸다.

그래서 우리가 길드 설립 퀘스트로 직접 [길드증]을 입수. 무사히 [생산 길드]를 세울 수 있었다.

그 영향으로 불량재고로 변한 대량의 [길드증]의 가격이 폭락하고, 그걸 구입한 플레이어들이 무수한 길드를 세웠다.

결국은 자기만족일지도 모르지만, 심정적으로는 이것도 어떤 인연이거나 싶었다.

"그래. 윤의 친구인 타쿠가 부른 사태니까."

"그래……. 엥?! 왜 타쿠가 튀어나와!"

"아까 말한 레벨 8 격파 동영상에서 무어 프로그를 해치운 사람은 당신 지인인 타쿠야. 나도 그 동영상을 보고 확인했어."

그 말에 내가 타쿠의 지인이라고 인식한 라이나와 알이 이쪽에 반짝이는 존경의 시선을 보냈다. 하지만 나와 타쿠는 다른 인간이고 그냥 친구일 뿐이니까 나는 존경할 만한 인간도 폐인도 아냐! 그렇게 기대 어린 눈으로 보지 말아줘!

"……타쿠, 다음에 꼭 한 대 패준다!"

남몰래 마음속으로 맹세하는 내게 가면을 쓴 채로 가엾다는 시선을 보내는 에밀리오.

"어쩔 수 없지. 나도 함께할게. 뭐, 이런 가면을 쓴 수상쩍은 인간과 함께 있고 싶지 않겠지만."

"감사합니다!"

"……흥."

알은 기쁜 듯이 고개를 숙이고, 라이나는 에밀리오를 인정하지 않는 건지 퉁명스러운 태도를 보였다. 그 바람에 알이 허둥거렸지만, 에밀리오는 딱히 기분 상한 기색도 없이 쓴웃음을 지었다.

"뭐, 계속 붙어있을 건 아니니까, 나는 제2마을이나 제3마을에 도착할 때까지야. 그동안에는 어느 정도 가르쳐줄게."

"그럼 나는 소재가 있으면 가능한 범위로 아이템을 만들어주지. 대신 원하는 소재의 채취를 도와주겠어?"

서로 조건을 맞춰보았지만, 나도 [소재상]도 그렇게 어려운 조건을 내놓은 건 아니라서 라이나와 알의 레벨업에 의외로 손쉽게 손을 빌려주었다.

왠지 모습을 감추네 어쩌네 하는 이야기가 아닌 것 같지만, 길드에 속하지 않은 네 명이 파티를 짜고 행동하는 것도 괜찮겠다고 느꼈다.

조건 조정이 끝나고 그 자리에서 이동하려고 했는데
——

"뭐, 뭐야?! 몸에 힘이……."

"나도 못 일어나겠어. 힘이 빠져. 적?"

라이나와 알이 소리쳤다. 아무래도 만복도의 감소에 따른 페널티가 발생한 모양이었다. 그걸 보고 [소재상]이 처음에 가르칠 것을 정했다.

"그럼 처음에 가르칠 건 스테이터스 관리의 중요성이네."

에밀리오는 그렇게 선언하고, 나는 두 사람에게 [아트리엘]의 샌드위치를 건네며 진정시켰다.

"냠냠……. 이 굴욕은 절대로 잊지 않겠어! 샌드위치 더 줘!"

"라이, 또 그런 소리나 하고. 아, 저도."

"너희들……. 사양도 좀 할 줄 알아라."

하나 먹으면 만복도가 20% 회복되는 샌드위치를 집는 손이 여섯 개째로 향했다. 그걸 따끔하게 제지하는 에밀리오.

"아이템이 있다고 해서 함부로 쓰지 않는다. 하나만 챙겨서 인벤토리에 넣어둬."

"뭐야. 이건 내 거야! 그런 지시까진 안 받을 거야."

"아니, 애초에 내 샌드위치거든."

싸움이라도 걸 기세인 라이나에게 에밀리오는 지친 듯이 한숨을 내뱉었다.

"뭐, 좋아. 동생 쪽은 내 충고를 잘 들어주려나."

가면으로 숨긴 얼굴을 가볍게 갸웃거리며 입가에만 미소를 지었다. 그 모습에 두려움을 느꼈는지 알은 창백한 얼굴로 고개를 마구 끄덕거렸다.

"그래. 그럼 배도 불렀으니 아이템 수집을 하자."

"뭐?! 뭐야, 일단은 레벨업이잖아?"

"그것도 좋지만…… 계속해서 싸울 만한 소모품을 가지고 있어?"

"그런 거 없다니까."

"그래. 창을 쓰는 라이나라면 문제없지만, 마법사인 알은 어때? MP가 바닥나면 얻어맞을 뿐? 어차피 회복할 시간을 생각해야 하니까 아이템을 찾아가면서, 발견한 몹과 전투하는 게 지금으로선 효율적이지 않을까. 파티원들의 보폭을 맞추는 것도 중요해."

에밀리오의 정론에 입을 다무는 라이나. 그 모습을 곁눈질하며 나는 이야기가 정리되었다는 마음에 야외 거점 준비를 시작했다.

지금 있는 장소는 제1마을의 서쪽에 있는 세이프티 에어리어 중 하나. 몹과의 조우율은 낮지만, 나는 이 주위에도 볼일이 있기 때문에 여기를 지정했다.

"일단 야외의 생산거점으로 휴대용 화로를 준비해야지. 그리고 요리도구를 꺼내고, 조리도구도 필요할 거야. 아, 테이블도. 리리가 만들어준 게 있으니까 그걸 꺼내고……."

혼잣말을 중얼거리면서 세이프티 에어리어 안에 커다란 나무 테이블을 두 개 이어놓고 의자를 놓았다. 그 위에 필요한 생산도구를 준비하여 서서히 형태를 갖추었다.

그 모습을 멍하니 바라보는 남매의 옆에서 에밀리오는 기막힌 눈치로 충고했다.

"뭐, 눈앞의 플레이어는 서바이벌을 살아남을 만큼 강한 플레이어니까."

"뭐, 뭐야? 이상해?"

"아니, 아니! 이상한 정도가 아니잖아! 왜 그런 걸 준비해?! 애초에 판타지 RPG의 어디에 시작부터 거점을 만드는 플레이어가 있어?!"

"그래? 나는 처음 아이템을 주울 때면 세이프티 에어리어에서 생산 활동에 임했어. 옛날 생각나네."

시선을 흐린 것은 숲에서 약초를 주워서 포션을 만들고, 화살 재료를 모아서 어떻게든 코스트 퍼포먼스가 나쁜 센스 구성이나 자금 부족에서 탈출하려고 애썼던 무렵.

"저걸 흉내내라고는 하지 않을 테니까 안심해."

"저런 건 흉내내고 싶지도 않아!"

라이나와 에밀리오 사이에 뭔가 공감 가는 바가 있었는지 다소 친해진 눈치였다.

미묘한 표정으로 서로를 바라보며 작은 목소리로 뭔가 이야기를 나누었다. 반발하지 않으면 괜찮다고 생각하면서 내 후드에 들어오려는 자쿠로를 껴안아 근처 나무 밑동에 드러누운 뤼이에게 맡겼다.

"도와줄 때는 단검을 갖고 있더니, 지금은 활을 장비하고 있고, 게다가 마법도 썼어! 게다가 말이랑 여우 몹을 데리고, 뭔가 영문 모를 도구까지 갖고 있고! 당신 대체 뭐야!"

"어어, 한 마디로는 설명이 어렵네. 인식으로는 전부 다 맞지만. 그리고 이건 단점이 아니라 식칼이야. 요리에 써."

"그런 걸 물은 게 아냐!"

짜증의 한계를 넘었는지 라이라가 소리치기 시작했고, 알이 그걸 어떻게든 다독였다.

"뭐, 그 말들은 다 맞기도 하고 아니기도 해. 전투는 별로야. 말하자면 재주는 많은데 쓸데가 없달까?"

"뭐, 나도 일단 분류로는 생산직 플레이어일까."

"헤에, 같은 생산직이었구나."

"내 분야는 [연금]과 [합성]이니까, 수작업으로 하는 생산과는 또 달라."

"그럼 [소재상]이란 건 소재들을 모아서 상위 소재를 만드니까?"

"그래. 뭘 조합하느냐에 따라서 여러 아이템이 되니까."

"그렇구나! 나도 [연금]과 [합성]은 있지만, 특정 용도밖에 안 쓰니까. 그렇게 되면 아까 그 골렘은 합성 몹인가?"

"그건 ── "잠깐! 우리를 무시하지 마!" ── 미안해."

에밀리오와 내가 생산 센스 강의를 시작하면 길어질 듯한 분위기를 느낀 라이나가 이야기를 잘라먹었다. 나 자신도 주위에 시선이 안 갈 것 같았기에 막아준 건 고맙다 싶다. 슬쩍 뤼이 쪽으로 시선을 주자 새된 눈을 하며 일어섰다.

"아하하하, 뤼이. 미안."

흥 소리를 내면서 다시금 드러눕는 뤼이. 그대로 이야

기를 계속했으면 또 박치기를 맞았으리라고 쉽게 상상이 갔다.

"그럼 나는 이 아이들이랑 붙어있지."

"난 여기서 느긋하게 기다릴게. 아이템 부탁해."

셋에게 그렇게 말하고 보냈다.

자, 기다리는 동안에 이것저것 시험해볼까. 소재는 아직 다 안 모였으니까 간단하게 과자라도 만들어서 기다리자.

●

"심플하게 만들었는데, 잘 되었을까?"

캠프 이벤트에서 입수한 [오븐 스토브]의 작은 창으로 안을 들여다보며 나는 파운드케이크가 잘 구워졌는지 확인했다.

마찬가지로 캠프 이벤트의 몹이 드랍한 [스위트 팩토리]의 틀을 이용하여 구워낸 과자는 달콤한 향기를 조용한 숲속에 퍼뜨렸다.

"자! [패리]로 멈췄잖아. 알은 이 틈에 때려!"

"에잇! 얍!"

"MP가 바닥났다고 해서 지팡이로 직접 때리나……."

라이나는 나무판자를 가죽과 철판으로 보강한 가죽방패를 들고 한 손에 창을 든 모습으로 적 몹을 찌르고 방패로 때렸다.

적의 움직임이 멎었을 때 알이 두 손으로 곤봉처럼 움켜 쥔 지팡이로 따악따악 때렸다.

그 모습을 한발 떨어진 장소에서 팔짱을 끼고 지켜보면서 평가하는 에밀리오.

딱 잘라 말하자면 연대고 뭐고 없는 어설픈 움직임으로 느껴졌다.

애초에 주위에 있는 베타테스터인 뮤우나 세이 누나, 타쿠와 기타 유쾌한 동료들은 처음부터 게임에 익숙했다.

처음에는 이런 느낌으로 보였겠거니 싶어서 감개 싶은 기분이었다.

"동영상을 열심히 보고 이미지 트레이닝했는데! 왜 안 움직이는 거야!"

"라이, 그것만으로 되면 대단한 거야."

지쳐서 쓰러진 라이나의 외침에 알이 숨을 헐떡이며 웅크려 앉으면서도 한소리 하였다.

"연대는 조금씩 익숙해지면 돼. 누구든 처음에는 못 하는 법이야."

"큭, 분해!"

그로부터 30분 정도 탐색에 나섰던 라이나와 알, 그 동행인 에밀리오는 무사히 아이템을 채집해서 돌아왔다.

"윤. 이 아이템 중에서 필요한 걸 골라서 두 사람한테 적당히 만들어줘."

"오케이. 그럼 약초로 포션을 만들면 될까."

파운드케이크가 오븐에서 구워질 동안 즉석에서 포션을 만들기 시작했다.

익숙한 손길로 약초를 처리하여서 포션을 추출하였다.

콧노래 섞어가면서 만든 포션을 병에 담는 옆에서 뤼이에게 부탁해서 만들어낸 물을 끓여서 차를 준비하였다.

"으읏, 나는 지쳐서 이렇게 꼴사납게 주저앉아있는데, 왠지 눈앞에서 여자다운 행동을 하는 사람이 있어⋯⋯. 나는 멋지고 귀여운 느낌이 되고 싶은데."

"그런 말을 하기 전에 다 된 포션을 인벤토리에 넣어."

나는 딱 잘라 말하고선 두 사람에게 초심자 포션을 건넸다.

지금은 초심자 포션이지만, 이게 보통 포션으로 변하는 것도 금방이겠지.

두 사람은 씁쓸한 느낌으로 받았지만, 옆에서 포션의 효과를 보던 에밀리오가 다가와서 작은 목소리로 물었다.

"그걸 줘도 괜찮아? 아이템은 초심자 포션이지만, 회복량은 보통 포션과 손색이 없는데."

"괜찮아. 어차피 레벨이 오르면 회복량 제한도 붙어. 결국은 포션이니까 공격에는 못 써."

포션에는 회복량의 제한이 존재한다. 지금 두 사람에게 준 초심자 포션은 취득 SP가 10을 넘으면 회복량이 대폭 줄어든다. 마찬가지로 한 단계 위 랭크인 포션에는 SP가 30을 넘으면 회복량에 또 제한이 붙는다.

하이포션이 어느 정도 SP에서 회복량에 제한이 생기는지는 판명되지 않았다. 하지만 블루 포션은 이런 레벨 제한이 있는 포션과 달리 무제한 포션이다. 그만큼 효과가 미묘하고, 많은 소재를 사용할 필요가 있는 등 일장일단이 있다.

내가 혼자 묵묵히 포션에 대해 생각하는데 문득 시선을 느꼈다.

기죽어있던 라이나가 고개를 들고 어느 한 점으로 시선을 모았다.

"……저기, 저 두 마리를 만져 봐도 돼? 기운 날 것 같으니까."

지쳐서 어깨를 늘어뜨렸던 라이나가 고개를 들고 가리킨 곳에는 나무그늘에서 쉬는 뤼이와 자쿠로가 있었다.

"어지간해선 사람을 안 따라. 시험해보고 싶다면 말리지 않지만——"

쉽지 않을 거란 사실을 알겠거니 싶어서 입을 다물고, 완성된 포션을 병에 따랐다.

"어, 괜찮아?! 그럼 사양하지 않고……."

라이나는 설명을 끝까지 듣지 않고 다가갔지만, 그 기척만으로 자쿠로가 겁먹고 내 등을 뛰어올라서 후드 속에 들어갔다. 푹신한 두 꼬리가 내 목에 휘감겨서 조금 답답했다.

뤼이 쪽은 스윽 일어서서 거리를 두었다.

"아쉽네. 도망친 모양이야."

"왜······."

손을 뻗은 채로 쇼크를 받은 표정인 라이나에게 알이 '또 버릇이 도졌어'라고 중얼거리는 게 들렸다.

"자쿠로······. 검은 새끼 여우 쪽은 낯가림이나 대인공포가 있어. 백마 쪽은 친한 사람 아니면 절대로 만지게 하지 않아."

"저렇게 푹신푹신하고 기분 좋아 보이는데 만지게 해주지 않는다니······. 한 번 더!"

라이나는 거리를 벌린 뤼이 쪽으로 돌격했지만 아직 멀었다. 뮤우도 못 잡았던 뤼이를 초심자가 붙잡을 리가 없다. 그 몸을 만지려고 돌격했지만 가볍게 빗나갔다.

반골정신 덩어리 같은 라이나는 굴하지 않고 부족한 발놀림이나 페인트까지 동원하면서 온갖 방법으로 뤼이를 만지려고 했지만, 전부 다 읽히고 빗나갔다. 게다가 딱 보기에도 일부러 살살 봐주면서 아슬아슬한 장면을 연출하는 뤼이.

그대로 세이프티 에어리어를 빠져나가 숲을 뛰어다니는 한 명과 한 마리를 지켜보았다.

"윤 씨, 에밀리오 씨, 저대로 놔둬도 될까요?!"

"괜찮지 않을까? 지치면 돌아오겠지?"

"우리 뤼이는 걱정 없어. 그보다 과자 쪽이 중요해."

걱정하는 알을 무시하고 나는 에밀리오에게 곧바로 차를 내놓았다.

"차, 고마워."

"아, 조금만 더 있으면 다 구워지니까."

"설마 이렇게 빨리 약속이 달성되다니……."

"에밀리오? 뭐라고 했어?"

뭔가 중얼거린 모양인데, 알아듣지 못했다. 그 뒤에 '아무 것도 아냐'란 대답에 고개만 갸웃거렸다.

잠시 동안 걱정하며 안절부절못하는 알을 곁눈질하며 라이나가 돌아오는 걸 기다렸지만, 좀처럼 돌아오지 않았다.

10분이 지날 즈음에 숲을 누비듯이 뤼이가 모습을 보였다.

"뤼이?! 왜 그래! 라이나는 같이 안 왔어?"

단숨에 내 옆으로 달려온 뤼이는 내 옷을 물고 잡아끌려고 했다.

"라이한테 무슨 일 있어?!"

"그렇게 보면 틀림없는 모양이야. 우리도 가자."

일어선 알과 에밀리오와 함께 뤼이에게 안내를 맡기며 라이나를 찾아갔다.

서쪽에서는 괜한 짓만 하지 않으면 강한 몹과 만나지 않지만, 나는 뤼이의 안내를 따라 숲을 나아갔다.

"시간이 아까워. 속도 지원을 걸게. 〈인챈트〉── 스피드!"

아직 스테이터스가 낮은 알에게 맞춰서 달리다간 늦기에 알에게 스피드 인챈트를 걸고 단숨에 진행속도를 올렸다.

남서쪽으로 달렸다. 나도 이 근처의 안쪽까지는 와본 적이 없다.

"찾았다! 라이나다!"

처음에 소리친 건 나였다. 센스 [매의 눈]으로 나무 사이로 보인 라이나의 모습을 확인하고 활을 들었다.

라이나의 주위를 에워싸듯이 빙글빙글 도는 들개 무리. 당장이라도 덤벼들 듯한 한 마리에게 조준을 맞추고 사격 코스를 정했다.

회피할 수 없는 코스로 예측하고 날린 화살은 들개의 머리를 꿰뚫고 몸을 날려버리고, 들개가 빛의 입자로 변해서 사라졌다.

"알! 윤 씨?! 그리고 가면 여자?!"

라이나는 화살이 날아온 방향을 돌아보았지만, 그 머리 위에서 그녀를 노리던 박쥐를 나는 거듭해서 꿰뚫었다.

"라이! 괜찮아?!"

"괜찮아! 그보다 얼른 이놈들 좀 해치워!"

라이나가 창을 마구잡이로 휘두르고 알이 마법으로 적당히 공격했다. 원래 우선순위를 매겨서 효율 좋게 사냥해야 하지만, 거기까지는 신경이 미치지 않는 두 사람을 도와서 원거리에서 내가, 근거리에서 에밀리오가 커버했다.

서서히 적의 숫자가 줄어드는 가운데, 나는 나무들 사이에서 스윽 나타난 생물을 보고 순간 굳어버렸다.

그것은 창을 휘두르는 라이나의 뒤에서 몰래 다가온 거구.

"라이나! 뒤!"

"어? 꺄악!"

[GWAAAAAAA ──]

창을 휘두르던 기세로 뒤를 돌아본 라이나는 뒤에 서있는 생물을 올려다보았다.

신장 3미터를 넘는 검은 몸과 날카로운 발톱을 가진 곰 모양의 몹, 포레스트 베어가 두 손을 쳐들고 존재를 주장하듯이 포효를 질렀다.

"큭, 〈인챈트〉—— 디펜스!"

내 활로는 해치울 수 없다고 판단하고 라이나에게 방어 인챈트를 걸었다. 내려친 발톱의 일격을 라이나의 방패가 막았지만 튕겨 날아갔다. 이어지는 왼팔 공격. 고개를 든 라이나와 포레스트 베어 사이에 그림자가 끼어들었다.

검으로 공격을 막아냈지만, 망가지는 도신과 그대로 머리를 얻어맞는 에밀리오.

하지만 두 사람보다도, 아니, 나보다도 상위 플레이어인 에밀리오를 쓰러뜨릴 일격은 아니다. 에밀리오는 가면이 깨지고 가볍게 비틀거리는 걸로 끝났다.

"슬슬 귀찮네! 그럼 이걸로 상대해주지! 〈소환〉—— 브론즈 골렘, 프레임 비스트, 아이스 비스트!"

하늘 높게 내던진 세 개의 돌. 그것은 자쿠로나 뤼이의 소환석과 비슷했지만, 조금 다른 것처럼 보였다.

"해치워!"

그 뒤로는 일방적인 힘의 차이에 따른 압살이었다.

트렌트보다 수준이 낮은 포레스트 베어가 브론즈 골렘에게 간단히 두들겨 맞고, 화염과 얼음을 두른 두 마리 야수가 무수한 들개를 쫓아내었다. 또 에밀리오의 깨진 검 파편이 하늘을 떠돌며 박쥐를 찢어버렸다.

"대, 대단해."

솔로가 보유하는 전력으로는 격이 다르겠지. 개인이 한 파티에 필적하는 전력을 가졌고, 그걸 조종하여 적을 쫓아낸다.

내가 아는 한 비슷한 플레이어는 한 명 있지만, 그것과 비교하면 각 몹의 움직임이 어딘가 기계적인 인상을 띠었다.

"끝났다. 괜찮아? 어……어?"

한바탕 날뛴 몹들은 쓰러뜨릴 상대를 잃고 한동안 멍하니 서있던 뒤에 에밀리오에게 되돌아갔다. 그걸 보고 세 사람에게 다가간 나는 믿기지 않는 것을 보고 아연해졌다.

가면이 깨진 에밀리오의 맨얼굴. 그건 머리칼 색깔이나 복장, 목소리의 느낌에도 차이가 있지만, 나와 같은 반이자 학급위원인 엔도와 똑같았다.

"왜 그래, 윤?"

"어, 어어……."

에밀리오로 인식했을 때에는 그냥 불러도 위화감이 없었지만, 엔도라고 인식한 뒤에는 아무래도 쉽사리 부르기에 위화감이 들었다.

의아하니 고개를 갸웃거리는 엔도에게 나는 동요하여 말문이 막혔다.

그리고 에밀리오 개인에게 프렌드 통신을 연결했다.

[저기…… 혹시, 엔도?]

내 소리 없는 말에 퍼뜩 놀라서 자기 얼굴을 만진 뒤에야 크게 한숨을 내뱉더니 그 자리에 웅크려 앉는 엔도.

라이나와 알은 그걸 걱정스럽게 바라보았지만, 엔도는 고개를 들고 딱딱한 미소와 함께 인사를 해왔다.

[어어, 슌. 안녕.]

마찬가지로 소리 없는 대답이 프렌드 통신을 통해 전해져 왔다.

[자세하게는 나중에 이야기하자.]

[알았어. 저기……. 할 말이 많이 있으니까.]

프렌드 통신을 끊고, 이미 가면이 깨졌기에 분위기를 바꾸는 엔도.

"저기……. 괜찮아?"

"그래, 괜찮아. 걱정해줘서 고마워. 라이나."

그 한 마디에 라이나가 얼굴을 붉히며 끄덕였다.

지금까지 가면으로 얼굴을 반쯤 숨겼던 탓에 지금 제대로 정면에서 얼굴을 보고 놀라는 동시에 도움을 받았다는 사실을 떠올리고, 여태까지의 실례되는 언동도 있어서 부끄러워져서 조용해졌다는 걸까.

"이제 얼굴도 보였으니 이것도 필요 없겠네."

그렇게 말하며 엔도가 메뉴를 조작하여 장비를 바꾸었다. 귀에 단 귀걸이와 팔찌를 빼는 엔도.

그 직후 장비품의 효과가 반영되어 [에밀리오]라는 이름에

노이즈가 생기더니 [에밀리]라는 이름으로 바뀌고, 목소리도 기계적인 목소리에서 평소에 듣던 목소리로 돌아왔다.

—— 엔도 에미리. 분명히 엔도의 풀네임은 그렇다.

"다시 인사하게. OSO의 생산 플레이어 [소재상] 에밀리야. 잘 부탁해."

에밀리오, 아니, 에밀리에게 질문하고 싶은 게 많이 있지만, 그건 나중에 하자는 프렌드 통신이 들어왔다.

"그렇긴 한데 라이나는 왜 몹에게 포위되었어?"

"어, 어어?!"

다소 상기된 목소리로 말하는 라이나. 에밀리가 말을 거는 바람에 긴장한 걸까, 그런 변화에 에밀리가 재미있다는 듯이 킥킥 웃었다.

"긴장하지 말고 걸으면서 천천히 말해도 되니까."

"저기…… 백마를 쫓아갔는데 어느 틈에 몹들 사이에 뛰어들어서. 대처할 수 없어서 도망쳤는데 숫자가 계속 불어나서."

풀 죽은 듯이 고개 숙이는 라이라를 위로하듯이 다정한 목소리로 말을 거는 나.

"이번에는 나나 에밀리가 있었으니까 문제없었지만, 거기서 다른 플레이어랑 마주치면 MPK가 되는 건 알아?"

"응."

"다음부터 그렇게 되지 않도록 조심해. 하지만 용케도 그런 숫자를 상대로 버텼네. 잘했어, 라이나."

내가 솔직하게 칭찬하자, 라이나는 신기한 듯이 놀란 표정을 하다가 곧 얼굴이 풀어졌다.

"그, 그런가. 에헤헤……. 그래. 분명히 그 장면에서 마음이 꺾이지 않고 싸웠으니까 난 대단할지도."

"라이, 또 그렇게 기가 살아서."

알이 쓴소리를 했지만, 지금 라이나의 귀에는 닿지 않았다. 라이나는 또 실패하면서 정신 차릴 거라고 생각하는데 에밀리가 내 어깨를 가볍게 찔렀다.

"왜? 에밀리."

"견딜 수 있었던 건 윤의 포션 덕분 아냐? 그건 초심자에게 가지고 있기에는 회복량 과다였으니까."

"그런가. 하지만 그런 말을 하는 건 좀 그렇잖아?"

"윤의 방식은 보상받을 수 없는 방식이야. 하지만 싫진 않아."

정말 맞는 말이다. 자조하듯이 웃으면서 내가 만든 베이스캠프로 돌아왔다.

그러다가 깨달은 것은 타는 냄새였다.

그걸 깨닫고 모두가 불쾌하니 눈썹을 찌푸리는 가운데 나는 혼자 소리쳤다.

"아아아앗!"

다급히 방치했던 오븐을 열고 안의 틀을 꺼내자, 거기서 나온 것은 시커멓게 타버린 덩어리였다.

모처럼 괜찮게 구워가던 파운드케이크가 꺼낼 타이밍을

놓쳐서 타버렸다.

약간의 기대를 품고 표면을 뜯어보았지만, 속까지 시커멓게 타버려서 먹을 수 없게 되어있었다.

지면에 무릎과 두 손을 짚으며 낙담하는 내게 뤼이와 자쿠로가 위로하듯이 다가왔고, 다른 이들은 뭐라고 말을 걸어야 좋을지 몰라서 어색한 분위기가 되었다.

"아하하하, 다, 다시 만들면 돼. 응."

내가 고개를 들고 중얼거린 말은 조용한 나무들 사이에 공허하게 울렸다.

●

"그래서 엔도, 가 아니라 에밀리는 왜 그런 짓을 했어? 그리고 그 장비의 의미는?"

[꼭 대답해줘야 해? 내 비장의 카드 중 일부이기도 한데…….]

"대답하고 싶지 않거든 괜찮아."

나는 지금 에밀리와 프렌드 통신으로 이야기하고 있다.

왜 가면을 썼는가.

왜 이름을 속였는가.

왜 목소리를 바꾸었는가.

질문할 건 많이 있지만, 깊이 캐물을 생각은 아니었다.

"아, 찾았다, 찾았다. 돌아오는 도중에 생산 소재를 발견했거든."

[정말이지 윤에게 생산소재 말고는 다 아무래도 좋은 것 같아.]

"아하하하, 미안. 하지만 나한테는 이쪽도 중요해."

사실은 라이나를 돕고서 돌아오는 길에 찾던 소재 중 하나를 발견했는데, 얼른 안전한 장소로 돌아가고 싶은 마음에 그때는 회수하지 않았던 소재를 지금 채취하고 있다.

클로드에게 부탁받은 [제충향]의 재료인 [이끼향목의 나무껍질]이다. 쓰러진 나무에 이끼가 번식한 건데, 쓸 수 있는 건 이끼를 포함한 표피 부분이다.

나는 표피 부분을 열 장 정도 벗겨내어 채취했다.

향의 베이스 소재인 나무껍질을 건조시키고, 마찬가지로 건조시킨 [제충국화]라는 꽃을 섞어서 점토 형태로 만들어서 막대 모양으로 가공하여 건조시키면 [제충향]이 나온다.

곤충형 몹을 쫓아내는 효과가 있는 [제충향]을 클로드, 아니, 이벤트 입안자인 리리가 왜 필요로 하는지는 모르겠지만, 아무튼 [불꽃]과 [제충향]의 소재는 이걸로 다 모였다.

나는 기쁜 얼굴로 서쪽 숲을 탐색하였다. 에밀리에게 맡겨둔 라이나와 알을 위한 포션의 재료도 확보하기 위해 눈에 띄는 채취 포인트를 뤼이와 자쿠로와 함께 뒤졌다.

[윤은 학교에 있을 때랑 전혀 다르게 마이페이스네.]

"응? 그래?"

[뭐, 룰이라든가 규칙이 있으면 거기에 따라 생활하니

까……. 별로 눈에 띄지 않지만, 이쪽의 윤은 꽤 자유로워.]

지금 에밀리가 라이나와 알을 돌보고 있기 때문에 말이 도중에 끊긴 것은, 저쪽에서 뭔가에 대처한 타이밍일까. 딱히 신경 쓰지 않고 말을 들었다.

[뭐, 됐어. 내가 변장한 이유는 말이지. 단순히 아는 사람에게 들키고 싶지 않아서야.]

"흐음, 그건 또 왜?"

[어색하잖아! 나처럼 재미도 없는 위원장 타입의 사람이 게임이라니! 그것도 VR이라는 유행 게임을 하다니, 안 어울리잖아?]

"그래? 처음에는 놀랐지만 세이 누나도 성실한 성격이면서 게임 하니까."

그렇게 신경 안 쓴다고 말했더니 자기는 신경 쓴다는 대답이 돌아왔다.

[처음에는 두 사람을 피하면서 플레이했지만, 최근 길드 권유도 있어서 변장에 힘을 실은 거야. 가면은 보통 아이템이지만, 나머지 두 개는 유니크, 아니, 장난감 아이템일까?]

가면은 노점에서 열 개에 한 세트로 팔리는 아이템이라서 방어구의 대미지를 일부 대신 받는 [대미지 나누기]라는 추가효과를 가지고 있다. 그러니까 깨지기 쉬운 반면, 방어구의 내구도가 어느 정도인지 가늠할 수 있다는 명목으로 팔린다는 모양이다.

또 이름을 바꾸는 아이템과 음성변조기는 여름의 캠프 이벤트에서 나온 장난감 아이템이다. 세이 누나나 미카즈치의 [팔백만]의 길드 멤버들이 그 날 수확인 장난감 아이템으로 장기자랑을 하던 모습이 떠올랐다.

"역시 어디서든 길드 권유는 있구나. 나도 악질 권유가 있어서 도망쳤어."

[어떤 의미로 지금 우리는 권유의 피해자들이라고 할 수도 있어. 나는 그렇게 중증이 아니었지만. 그리고 함부로 말해서 미안해.]

"신경 안 써도 되는데. 나도 편하게 말했고. 뭐, 가명이지만."

[그리고…… 윤은 역시 변신 희망자야?]

"아니거든! 이건 버그! 캐릭터 에디트 때 신체 보정의 오인! 아니, 역시라는 건 뭐야! 뭐냐고?!"

아무도 없는 숲속에서 성대하게 소리치며 딴죽을 넣자, 프렌드 통신 너머에서 가볍게 웃는 소리가 들려왔다.

[그렇게 강하게 부정할 줄은 몰랐어. 하지만 어울려.]

"하나도 안 기쁘거든."

그렇게만 말하고 불쾌함을 드러내기 위해 잠시 입을 다물었다.

에밀리와의 프렌드 통신은 끊어지지 않았지만, 서로 한동안 말이 없었다. 그리고 문득 떠오른 의문을 에밀리에게 던졌다.

"한 가지 묻고 싶은데…… 타쿠를 계속 쳐다보면서 눈치를 살피는 듯한 말을 하거나 타쿠의 동영상에 대해 알고 있는 건 타쿠를 —— 좋아하니까?"

[히익?! 그건 아냐! 절대 아냐.]

"어, 어라?"

그렇게 의미심장한 듯한 질문을 하고선……. 내 착각인가.

[내가 신경 썼던 건 타쿠랑 마주치지 않으려는 거였어. 내가 플레이어라는 걸 들키면 귀찮아지잖아? 그리고 연애대상이 아냐!]

에밀리의 강한 부정에 안도의 한숨이 새어 나왔다.

"그렇구나."

내 작은 혼잣말에 양쪽이 침묵했다. 그 뒤 내가 말을 꺼냈다.

"저기, 이 이야기는 이제 그만하자. 왠지 복잡해질 것 같으니까."

[그래. OSO에서는 윤의 성별 문제와 타쿠 문제는 가급적 건드리지 않는 걸로.]

서로 그걸로 이해한 뒤에 에밀리의 제안에 따라 화제를 바꾸었다.

[그럼 이번에는 내가 물을게. 왜 윤은 남쪽 습지대에 있었어?]

"어, 아는 생산직에게 아이템 제작을 의뢰받아서 그 소재를 모으고 있었어."

[그러면 [마법생물의 촉매금속]이란 아이템 혹시 없어? 있으면 넘겨줬으면 싶은데.]

"아, 그거라면 몇 개 있어. 동생하고 사냥할 때 먹은 게 있어."

[다행이다. 나는 좀처럼 못 잡는 몹이라서.]

기쁜 눈치인 대답이 돌아왔다.

"그럼 에밀리가 그 자리에 있던 이유는……."

[그래. 하지만 나 혼자서는 다크맨을 쓰러뜨릴 정도의 전력이 아니니까.]

전투력이 아닌 전력이라는 시점에서 개인의 능력이 아니라 자신이 불러낸 몹을 포함한 힘처럼 느껴졌다.

뭐, 다크맨의 격퇴는 간단하겠지만, 격파라면 에밀리와의 상성은 나쁠지도 모르겠다.

이런저런 이야기를 하는 동안에 세이프티 에어리어로 돌아와서, 여태까지 모든 소재나 애초에 가진 소재를 늘어놓고선 먼저 [불꽃]의 제작에 착수했다.

제대로 된 물건을 만들려면 공방에서 꼼꼼하게 하겠지만, 효과가 낮아도 된다면 야외에서 휴대 가능한 생산 키트 하나로 충분하다.

"그럼 에밀리. 나중에 또 봐."

[그래. 한동안 두 사람의 레벨업과 소재를 모아 올게.]

무리하지 말고 적당히 하라고 생각하면서도 프렌드 통신을 끊고 눈앞의 소재를 확인하였다.

[불꽃]을 만들려면 일단 중간소재부터 만들어야만 한다.

하나는 대미지 포션. 여기에는 무어 프로그가 드랍하는 개구리의 위장과 점균 슬라임이 드랍하는 강산성 젤리를 쓴다.

위장을 자르고 증류수를 조금 넣어서 잘 으깬다. 거기에 강산성 젤리를 넣고 한 차례 여과.

불순물을 제거한 황색이 도는 액체를 가열하여 액체의 농도를 진하게 만들었다.

[아트리엘]의 공방에 있는 농축기를 사용하면 빠르지만, 적당하게 수분을 줄인 뒤에 진해진 액체를 신중하게 병에 담으면 대미지 포션이 완성된다.

대미지 포션 [소모품]
HP 대미지 [−30 (±5)]

적당히 만들었으니까 미묘한 완성도지만, 이건 어디까지나 중간소재고 시작품이다. 대미지량은 그리 신경 쓰지 않는다. 다만 실패를 상정해서 많이 담은 대미지 포션을 완성시킨 뒤에 주위에 있는 불을 전부 껐다.

이어서 또 다른 중간소재인 폭약 —— 정확하게는 화약구슬에 가까운 것을 만든다.

준비할 것은 위스프에게서 받은 인혼결정과 지면에서 캐낸 흑폭석이다. 양쪽 다 개별적으로는 효과를 발휘하지 않는 소재지만, 섞으면 위험하다.

"불씨 확인은 했고. 시작할까."

본디 공방에 있는 광석용 분쇄기로 단숨에 으깨지만, 이번에는 조금씩 만들었다.

으깨지는 소리를 내며 깨져서 유리처럼 빛을 난반사하는 자잘한 가루로 변하는 인혼결정.

반대로 다소 찰기 있는 검은색 점토처럼 변하는 흑폭석.

본디 대미지를 주는 폭탄으로 최적의 조합을 찾아내야 하겠지만, 불꽃용 화약구슬을 만드는 거니까 비중은 인혼결정을 다소 많은 쪽으로 했다. 그래도 나중에 조절하기 위해 세심한 분량을 재면서 두 개를 섞었고, 그렇게 나온 점토 덩어리를 작은 구슬 모양으로 빚었다.

화약점토 [소모품]

아직 완성되진 않았지만, 화약구슬의 재료를 만들었으니 일부를 잘라낸 뒤 나머지는 인벤토리에 집어넣었다.

"어라? 윤 씨, 뭐 하는 건가요?"

"응? 폭발물 작성."

알의 질문에 그렇게 대답하자, 이쪽으로 다가오던 발을 멈추고 굳어버리는 라이나와 알.

두 사람과 에밀리는 사냥에서 돌아오는 모습이었는데, 에밀리만은 아무 일도 없는 것처럼 다가왔다.

"내가 모르는 아이템인가. 이건 어떤 거야?"

"소위 개그나 장난감 같은 아이템이야. 잠깐 기다려봐."

나는 병에 담은 대미지 포션을 다시금 용기에 붓고 거기에 금속파편 하나를 투입했다. 포션이 금속을 녹였다.

금속파편이 녹은 대미지 포션에 잘라낸 화약점토를 담그자, 노란색을 띠던 액체의 색깔이 서서히 흐려졌다.

잠시 뒤에 완전히 무색투명해진 대미지 포션에서 젖은 화약점토를 꺼내고 건조시켜서 화약구슬 모양으로 형태를 다듬었다.

마지막 마무리로 [조약] 스킬로 재빨리 건조시키면 대미지 포션과 화약점토로 만들어진 화약구슬이 완성된다.

이걸 여러 개 모아서 하나로 모으면 불꽃용 화약구슬이 된다.

"잠깐 실험해볼 테니까 떨어져봐! 자쿠로! 도와줘!"

내 말에 떨어진 곳에 있던 자쿠로가 내 어깨까지 올라왔다. 나는 손가락 사이에 낀 화약구슬을 자쿠로에게 보여주고 지시를 내렸다.

"내가 이걸 공중에 던질 테니까 제일 높게 올라갔을 때 불을 붙여줘. 알겠지?"

꾸웃! 작으면서도 확실한 소리로 대답하는 자쿠로를 다른 손으로 쓰다듬고 호령을 넣었다.

포션이나 매직 젬으로 익숙한 투척력으로 상공에 화약구슬을 던지고 자쿠로의 여우불이 높은 위치에서 거기에 불을 붙였다.

밝은 대낮에 터진 자그마한 불꽃이 나무들 사이의 광장 위에 피었다.

청록색과 그렇게 또렷한 색깔로는 보이지 않아도 확실히 색깔이 있는 꽃이 상공에 피었다가 금방 사라졌다.

"오오, 색깔이 확실히 있네. 하지만 아직 색이 엷은가. 색깔 농담은 대미지 포션의 강도일까? 아니면 녹인 금속의 양일까? 또 녹이는 금속의 종류를 바꾸어서 색깔 숫자를 늘리자. 뭐, 이런 건 일단 주문자의 요망을 들어봐야지. 경우에 따라서는 화약구슬만 만들고 불꽃 제작은 맡기는 수도 있겠고."

내가 혼자서 고찰을 거듭하는데, 눈앞의 광경에 입을 딱 벌린 채 올려다보는 라이나와 알. 에밀리는 쓴웃음을 지으면서 '초심자에게는 자극이 너무 강한 광경이네'라는 말을 중얼거렸다.

"작업은 끝났어?"

"이걸로 절반 정도? 다른 쪽은 나중에 해도 돼."

"그래. 그럼 아까 말했던 것 좀 넘겨줄 수 있을까? 내가 가진 소재와 물물교환이면 되지? [연금]과 [합성]을 쓰는 [소재상]으로서 충분한 소재를 제공할게."

살짝 윙크하는 에밀리가 참 눈치 빠르다고 생각하면서 나도 인벤토리에서 [마법생물의 촉매금속]을 꺼냈다.

"용케 이만큼 잡았네. 시장에서 하나하나 사 모았는데, [

대장] 센스 플레이어들이 사들여서 숫자가 부족했어. 이걸
로 완성이야."

분명히 [마법생물의 촉매금속]은 모아서 주괴로 만들면
랜덤으로 다른 금속 주괴가 된다. 그러니까 [대장]이나 [세
공] 센스를 가진 플레이어가 열심히 모은다.

듣기로는 미스릴주괴가 되기도 한다나 아니라나.

"이거면 만족할 만해?"

"그래. 그럼 내가 내놓는 소재 중에서 30개 골라. 아무거
든 좋아."

에밀리가 꺼낸 소재를 라이나와 알이 흥미 깊게 들여다보
았지만, 그 용도를 모르는 터라서 금방 흥미가 꺼졌다.

나는 하나씩 살피면서 내가 쓸 수 있는지를 생각했다. 그
중에서도 질 좋은 철광석이나 홉고블린의 뿔 등, 어떻게 써
먹을지 예상이 가는 아이템도 있었다.

약초 계열 소재가 별로 없기에 포기하고 다른 소재를 손
에 들었다. 이어서 속성석이라는 아이템을 손에 들었을 때
스킬 취득의 인포메이션이 나왔다.

―― 조건을 만족시켰기 때문에 [부가] 스킬이 해방되었
습니다. [부가] Lv30 이상 혹은 스킬 사용의 소비 아이템과
의 접촉으로 〈속성〉 계열 인챈트가 사용 가능합니다.

"……?!"

나는 그 아이템을 손에 든 채로 굳어버렸다.

곧바로 메뉴에서 사용 가능한 스킬을 선택하고 센스 [부

가술]의 사용 가능 스킬을 확인했다.

기본인 〈인챈트〉. 약체화의 〈커스드〉. 아이템에 스킬을 부여하는 〈스킬 인챈트〉. 장비품에 인챈트 계열 추가효과를 주는 〈아이템 인챈트〉.

그리고 새롭게 다섯 번째 인챈트 스킬인 〈엘리먼트 인챈트〉가 나타났다.

아이템 소비형 스킬. 어떤 의미로 [활] 쪽 센스처럼 소모품인 화살을 사용하여 효과를 발휘시키는 것과 비슷한 느낌이다.

"왜 그래, 윤?"

"에…… 아니, 에밀리. 이 속성석은 이게 다야?"

너무 동요하여서 엔도라고 부를 뻔한 것을 자제하고 아무렇지 않은 듯이 물었다. 조금 의아스러운 눈치로 이쪽을 바라보던 에밀리는 대답했다.

"그건 내 전매……가 아니지만 완성 레시피 중 하나야. 대응하는 속성마법의 위력을 끌어올리는 소모품. 혹시 레시피 필요해?"

"본심을 말하자면 엄청 당겨."

"안 돼. 하지만 내가 준비할 수 있으니까 나한테 오면 팔아줄게."

그럼 어쩔 수 없다며 한숨을 내쉬고 지금 있는 속성을 각각 열 개씩 달라고 말했다.

화, 수, 풍, 광의 네 속성이 있지만 소재 30개와 교환하기로 했다. 초과하는 10개는 지난번에 미니 포털을 구입하느라 자금이 동났기 때문에 포기할 수밖에 없다.

하지만 아쉬운 눈치인 나를 보고 에밀리가 한 가지 제안을 하였다.

"필요하거든 [마법생물의 촉매금속] 이외의 아이템과 교환해줘도 좋아. 그렇지…… 상태이상약은 있어? 독이나 마비 같은 거."

"그거라면 있어. 몇 개면 될까?"

"일대일 교환이면 어때?"

그럼 좋다 싶어서 상태이상의 강도 3짜리 독약과 마비약을 각각 다섯 개씩 에밀리에게 건네고, 대신 합계 40개의 속성석을 입수했다.

에밀리도 만족한 듯이 웃으면서 합성진을 꺼내어 눈앞에서 펼쳤다.

"사실은 미완성 레시피를 완성시키는 데에 필요했어. 지금은 독성이 강한 몹의 드랍 아이템과 합성해서 성공률이 10퍼센트 정도인데, 정제한 독은 어떨까."

에밀리는 2종 합성을 선택하고 투척나이프 같은 소모품과 방금 전에 내가 준 독약을 세팅했다.

간단한 발상이다. 빈약한 무기에 독을 칠해서 그걸로 적을 쓰러뜨릴 수도 있다.

그리고 합성진에서 빛이 나오고 두 아이템이 모이고 합쳐져서 하나의 형태가 되었다.

독 묻은 투척나이프 [소모품]

ATK +7   추가효과 : 독1

"역시 제대로 정제된 독약을 쓰는 게 성공률은 높나……. 하지만 [독1]이면 약하잖아."

"그럼 독의 강도로 조사해볼래? 단계별로 독약을 내놓을게."

"정말, 고마워, 윤."

웃으면서 대화하는 나와 윤. 그 눈앞에서는 독약과 투척나이프가 놓이고 둘이서 나이프와 독을 합성하였다.

"뭐, 뭔가 무서운데요! 미녀 둘이 독을 사이에 두고 웃다니 무서운데요!"

"포기하자. 우리도 언젠가 오염될 거야."

라이나와 알은 우리가 생산 이야기로 떠드는 너머에서 무례한 말을 해댔다. 이건 아주 중요한 일이다.

뭐, 두 사람은 내버려두고 몇 개의 샘플 작성을 거듭한 끝에 투척나이프와 독약의 합성 레시피의 법칙을 조사하고, 내가 노트에 메모를 하였다.

독3의 상태이상약으로 합성한 나이프는 독1의 투척나이프다. 이 사실을 토대로 두 가지 가설을 세울 수 있다.

첫 번째는 합성하면 모든 상태이상은 강도 1이 된다.

두 번째는 합성하면 합성한 강도보다 독성은 다소 약해

진다.

이걸 증명하기 위해서 각 각도의 상태이상약을 합성하면서 합성 여부 등을 조사했다.

그 결과 독2까지의 합성실험은 실패로 끝나고, 독4의 합성에서는 두 번째 가설처럼 독이 약해져서 합성되었다.

독4를 합성해서 나온 것은 독2의 투척나이프. 이 사실을 보면 상태이상의 강도를 두 단계 떨어뜨리며 합성된다. 반대로 말하자면 일정 강도가 아니면 독은 합성할 수 없다는 사실이 판명되었다.

"이게 소모품이라면 내 화살에도 상태이상을 합성할 수 있겠어."

"그렇게 되면 윤은 장난 아니겠네. 원거리에서 일방적으로 상태이상을 일으킬 수 있잖아."

말로는 그렇다지만 사실은 그리 간단하지 않다.

상태이상 공격이 가능하다고 해도 상대의 DEF나 MIND 스테이터스나 내성 센스 등에 따라서 저항이나 상태이상의 경감이 일어난다. 강도2가 아슬아슬하게 실전에서 써먹을 수 있는 레벨이다.

게다가 포션과 화살이나 투척나이프로는 독이 닿는 표면적이 다른 것도 문제겠지

"에밀리, 애초에 상태이상으로는 그렇게 우위에 설 수 없다는 걸 알잖아? 에밀리라면 저 골렘이 간단히 방패가 되어 막아주겠고."

"후후, 그렇지."

골렘 같은 비생물 계열, 마법생물 계열 몹은 애초에 상태이상을 완전 무효화하는 특성을 가졌다.

하지만 애초에 [활] 계열 센스의 소유자가 적고, 아이디어로서는 지당해도 쓰는 사람이 적은 아이템이다. 비경험자에 대한 기습이라는 의미에서는 PVP용이겠지.

포션은 근거리 투척이 효과가 크고, 독화살은 원거리 사격이라 효과가 낮다. 어느 쪽도 일장일단이 있다고 느꼈다.

"어디, 얼추 정리되었으니 휴식하고 또 사냥에 나갈까. 다음에는 나도 갈게."

"유, 윤 씨. 설마 그 독화살을 쓰려고?"

"당연하잖아? 실제로 써보지 않으면 모르는 것도 있으니까."

"그래. 팔든지 자기가 쓸 거라도 타협하고 싶지 않아."

에밀리도 동의해서 나는 상태이상약을 합성한 화살을 몇 개 챙겨 들고 사냥에 가담했다.

한 가지 깨달은 사실은 이 근처의 적이 너무 약해서 상태이상에 걸리기 전에 죽어버린다는 것뿐이었다.

5장 도등화와 요석

에밀리의 정체를 알고 쌍둥이 초심자 플레이어인 라이나와 알을 더한 네 명이서 사람이 적은 사냥터를 골라 파티를 짠 지 며칠.

때로는 나도 사냥에 동행하거나 파운드케이크를 다시 굽거나 뤼이와 자쿠로랑 노는 등, [아트리엘]에서 그랬던 것과 별 차이 없는 활동을 엔조이했다.

어라? 이거 몸을 숨기는 의미가 있나? 하는 생각은 안 하도록 했다.

[윤. 그래서 지금 상황은?]

"어, 도중에 만난 플레이어와 한동안 고정 파티를 짜고 사람들 눈이 없는 곳에 있어."

[이쪽도 길드 권유 건을 얼른 끝내기 위해서 이것저것 하고 있다. 아마 이벤트 당일까지는 어느 정도 정리가 되겠지.]

"뭐, 느긋하게 기다릴까."

클로드와의 프렌드 통신. 몸을 숨긴 상태이기 때문에 직접 만날 수 없지만, 프렌드 통신으로 [생산 길드]의 멤버들과는 서로의 상황을 연락하며 지냈다.

지난번에는 마기 씨, 그전에는 리리라는 느낌이다.

"[아트리엘]에 돌아갔을 때에 [불꽃]과 [제충향]을 작성할 건데 도중 경과를 들을래?"

[부탁하지.]

"[불꽃]은 색깔을 넣으려고 하는데, 내 쪽에서 불꽃의 전 단계인 [화약구슬]만 납품하고 그쪽에서 어떤 불꽃으로 할지 정하는 건 어때?"

[흠. 분명히 윤 혼자서 불꽃을 정하는 것보다는 생산 플레이어 몇 명에게 맡기는 편이 재미있을까. 그럼 그런 방향으로 부탁하지.]

"그럼 [화약구슬]을 색깔별로 납품하는 걸로 할게. 그리고 [제충향]도 일단 순조로워."

[일단?]

"완성까지 시간이 조금 걸리겠어."

[제충향] 작성의 수순은 [이끼향목의 나무껍질]을 갈게 바수고, 거기에 건조시킨 [제충국화]를 잘 섞는다.

여기까지는 순조롭지만, 이 단계에서 톱밥 같은 느낌이 되기 때문에 쓰기 편하게 뭉치고 열압축으로 모양을 잡는다.

그 과정이 끝난 뒤에는 그늘에서 말려야만 하는데, 지금은 그 기다리는 상태다.

"── 그렇게 해서 납기일에는 맞추겠지만, 아직 시간이 좀 걸려."

[그런가. 그럼 문제없군. 알았다, 조심해라.]

"그래, 그쪽도."

서로 가볍게 걱정의 말을 하고 프렌드 통신을 끊었다.

후욱 한숨을 내쉬고 하늘을 올려다보았다.

"길드 권유 문제는 정리된단 말이지……. 대체 뭘 하려는 거지! 무서워서 못 물어봤어."

마기 씨나 리리도 프렌드 통신에서 비슷한 말을 하기에 그 자리에서 물어볼까 했지만, 클로드 순서까지 돌아온 끝에 결국 물어볼 수 없었다.

"윤. 또 누구랑 연락?"

마침 클로드와의 통신이 끝난 걸 재듯이 근처에 있던 에밀리가 물었다.

"어, 그래……. 이번에는 아이템 납품에 대한 이야기."

그 외에도 내가 없는 동안 가게가 어쩌나 싶은 걱정 등도 있다. 그 점으로는 한 명 한 명에게 정중하게 대응하여 한동안 몸을 숨긴 것이라고 설명을 하였다.

"윤은 정말로 사랑받고 있네."

에밀리의 혼잣말에 그런가? 싶어서 고개를 갸웃거렸다.

라이나와 알은 별로 관심이 없는지, 포션 보충이나 전투 시의 연계에 대한 반성을 하고 있었다.

그리고 에밀리와 이야기하는데 다시금 프렌드 통신의 아이콘이 떠올라서 상대를 확인했다.

"갑자기 또 뭐지……. 아, 타쿠네."

내 혼잣말에 여태까지 조용히 미소 짓던 에밀리의 표정이 굳고, 라이나와 알도 신경쓰인다는 듯이 이쪽을 곁눈질로 확인했다.

"윤, 알겠지만……."

"에밀리에 대해선 말 안 해."

"그래, 부탁할게."

아직도 불안하니 안절부절 못하는 에밀리를 보면서 타쿠의 프렌드 통신을 연결했다.

"뭐야? 네가 연락을 다 하고. 지금 은신 중인 거 알잖아?"

[단도직입적으로 용건을 말하지. 윤에게 [도등화의 꽃잎] 가공을 의뢰하고 싶어.]

"……뭐더라, 소생 아이템이었지? 왜 가공이 필요해?"

[아, 그런가. 아직 모르나.]

혼자 이해한 듯이 말하는 타쿠에게 짜증을 느끼는 동시에 저레벨 격파의 동영상 때문에 내가 입은 피해를 포함하여 한 대 패주기를 다시금 결의하였다.

"그래서 대체 뭐야? 일없으면 끊는다?"

[아, 미안. 저번에 말한 [도등화의 꽃잎]을 사용하여 소생약을 만들 수 있는 모양이야. 뭐, 미완성인 열화소생약이지만.]

"그 이야기, 자세하게 좀 해봐."

여태까지는 새된 눈으로 타쿠의 이야기를 들었지만, 곧 다시금 기합을 넣었다.

[흥미를 느낄 줄 알았어. 그렇긴 해도 소생 아이템의 회복량은 여전히 HP 1 상태지만.]

"잠깐만. 분명히 도등화의 꽃잎도 HP 1로 소생하는 거잖아. 뭐가 다른데?"

[어라? 그걸 자세히 설명 안 했던가?]

프렌드 통신 너머에서 고개를 갸웃거리는 타쿠.

[꽃잎과 소생약은 크게 달라.]

"아니, 무슨 소린지 모르겠는데……."

도무지 딱 와 닿지 않는 내게 타쿠는 간단한 예를 들었다.

도등화의 꽃잎은 플레이어 A가 쓰러졌을 경우 플레이어 B가 사용하여서 A가 부활하지만, A의 인벤토리 안의 꽃잎은 쓸 수 없다. 타인에게 의존하는 형태의 소생이다.

반대로 소생약은 플레이어 A가 쓰러졌을 경우 그 자리에서 자신의 인벤토리 안의 소생약을 소비하여 부활할 수 있다. 또 꽃잎처럼 다른 플레이어에게도 쓸 수 있다.

[그러니까 꽃잎 하나로는 복수 플레이어가 있을 필요가 있지.]

"과연. 그거 크게 다르네. 그보다도 왜 갑자기 필요해진 건데?"

[어, 이번 생산직 이벤트의 PVP 대회에 참가할까 해서! 그걸 위해서 소생약을 몇 개 확보할 생각이야.]

"PVP 대회에서 그런 짓 해도 규칙상 괜찮아?"

그런 회복약의 사용을 허가했다간 진흙탕이 될지도 모르겠는데…….

[투척무기나 소모품이나 마법사의 MP 회복용 MP 포션 같은 걸 제한했다간 파워 밸런스가 깨지잖아. 그러니까 괜찮아.]

진짜냐. 그런 마음이면서도 확실히 그렇다면 어쩔 수 없나? 싶은 마음도 들었다.

"알았어. 대답은 나중에 다시 연락 줄 테니까. 일단 끊을게."

[그래, 부탁한다.]

나는 타쿠와의 통신을 끊고 에밀리와 라이나, 알에게 고개를 돌렸다.

하지만 뭐라고 말해야 좋을까. 타쿠를 한 대 후려갈기려면 만나야만 하는데, 초심자 지원을 도중에 내던지는 건…….

"뭘 신경 쓰는 거야. 부르고 있잖아? 그것도 바로 타쿠 씨가."

"어, 그런데……."

"가보세요! 그리고 나중에 타쿠 씨의 이야기를 들려주세요!"

라이나와 알의 반짝이는 순수한 시선이 눈부시다.

쓴웃음을 지으며 '이쪽은 나한테 맡겨'라는 말과 함께 등을 밀어주는 에밀리. 하지만 '내 이야기는 하지 마'라고 말하는 가느다란 눈동자는 전혀 웃고 있지 않았다.

"알았어. 그 전에……."

라이나와 알의 초심자 지원은 제대로 해야만 한다.

"그럼 조금 이르지만 초심자 포션보다 상위 포션을 줄게. 그리고 여태까지 모은 광석으로 간단한 브론즈 링을 만들었으니까. 그리고 남은 돌은 인챈트 스톤으로 만들었으니까.

사용법은 에밀리에게 물어봐. 그리고…….”

“됐으니까 얼른 가!”

내가 차례로 꺼내는 초심자 지원용 아이템들을 보고 라이나가 얼굴을 굳히면서 고함을 질렀다. 그리고 다소 짜증 난 목소리로 내 등을 떠밀려 억지로 보내려고 했다.

“윤 씨. 우리는 어린애가 아니니까요.”

“하지만…….”

“됐으니까 가! 걱정 따윈 필요 없으니까!”

“무슨 일 있거든 서슴없이 통신해!”

“네가 우리 보호자야?! 걱정 안 해도 남이랑 트러블은 안 일으켜!”

“라이, 네가 걱정의 원인이라는 건 아는구나.”

뭐, 알이 한소리 하는 걸 보면 아직 괜찮겠지.

“정말이지. 이러니까 [보모]라는 별명이 붙어도 어쩔 수 없지.”

한숨을 내쉬는 에밀리의 말에 나는 이해가 안 간다는 표정을 하였다.

하지만 여기에 계속 붙어있을 수도 없어서 나는 파티를 빠져나왔다.

[아트리엘]에 몰래 귀환하기 위해 일단 로그아웃했다. 게임 개시 시의 출현 포인트가 [아트리엘]의 공방으로 설정되어있는데, 그걸 이용해서 돌아올 수 있었다.

이렇게 외출에는 미니 포털, 귀환에는 로그아웃을 이용한 게임 재개라는 수순을 사용하여서 [아트리엘]의 입구나 곳곳의 포털을 들르지 않고 이동할 수 있다.

나는 [아트리엘]에 돌아왔을 때, 타쿠와 만날 준비를 마치고 프렌드 통신의 답신 연락을 넣었다.

대답은 금방 돌아왔고, 그리 시간이 지나지 않아서 타쿠를 공방으로 불러들일 수 있었다.

"여, 기다렸다고."

나는 타쿠의 모습을 확인한 순간 한 걸음 다가갔다. 스텝을 강하게 밟고 허리의 회전을 살려서 몸 전체를 이용하여 에너지를 충전, 타쿠의 안면을 향해 라이트 스트레이트를 힘껏 때려 넣었다.

"어차, 뭐야. 갑작스러운 인사잖아."

타쿠의 이상한 동영상 때문에 흉내내다가 실패한 플레이어와 그 뒤처리를 한 내 분노의 항의를 한 손으로 가볍게 받아내는 타쿠.

나는 가볍게 막힐 만큼 내 스테이터스가 낮다는 사실에 화가 났지만 곧 힘을 뺐고, 타쿠도 손을 뗐다.

"기다리게 해서 미안. 그럼 자세한 이야기를 해볼까."

내가 아무 일도 없었던 것처럼 이야기를 시작하자, 타쿠는 영문을 모르겠다는 듯이 고개를 한 차례 까딱거렸을 뿐이지 곧 입을 열었다.

"프렌드 통신으로도 말했지만 [도등화의 꽃잎]으로 소생약을 만들어줘."

"그래도 말이지, 재료 문제도 있다고."

"그럼 따러 갈까! 혼자서 모으기보다는 둘이서 모으는 편이 많이 모일 테고, 연구용으로 죄다 윤한테 줄 테니까."

"말도 안 되는 소리 마. 소생약의 레시피나 소재, 조합 수단의 정보도 없이 순식간에 완성될 거라고 생각해?"

"그러니까 윤의 감과 센스를 믿는 거지."

이런 근거 없는 신뢰를 내게 보내는 타쿠에게 응해주고 싶다고 생각하는 반면 버겁다는 생각도 들었다. 뭐, 이번에는 타이밍이 좋지만.

"소생약을 만든 사람은 모르지만, 나도 미완성 레시피라면 일단 조사했어."

"왜 입 다물고 있었는데?"

"소생 아이템의 의뢰가 언젠가 오리라고 생각하고 준비해뒀지. 제일 먼저 의뢰한 사람에게 레시피에 대해 가르쳐주려고 했어."

마기 씨한테도 가르쳐주지 않은 레시피 중 하나다.

[언어학] 센스를 사용하게 되면서 정보를 메모해둔 노트를 꺼냈다. OSO에서 조합 레시피의 배합 비율도 정리했으니까 쉽게 남에게 보여줄 수 없다. 내 어드밴티지 중 하나다.

"윤은 어디서 그런 정보를 모았어?"

"나는 생산직이야. 내 홈그라운드는 소재 채취장과 이 가게를 포함한 마을 전체고. 뭐, 도서관에서 다른 레시피를 찾다가 나온 부산물이지만, 수순만큼은 알 수 없었어."

"그러니까 미완성 레시피인가. 그러면 후보?"

"기업기밀이야. 뭐, 솔직히 말하자면 필요한 소재가 부족해. 4종류가 필요한 데 그중 하나가 판명되지 않았어. 그러니까 [도등화의 꽃잎]의 회수와 병행해서 그 소재를 찾아줘."

두 가지 소재는 수중에 있고, [도등화의 꽃잎]은 이제부터 모을 예정이다. 다만 마지막 소재에 대해서는 이름 이외의 정보가 없다.

"타쿠한테 부탁하고 싶은 건 —— [생명의 물]이라는 아이템이야."

"오케이. 그런 앞으로 같이 도등화…… 아, 그런가, 윤은 아직 호러 케이프를 통과하지 않았군. 그럼 일단 동굴을 경유해서 갈 수밖에 없나."

"나는 한 번도 내가 소재를 얻으러 가겠다고 말하지 않았어."

"괜찮잖아? 동굴 너머에는 전이용 포털도 있어."

새된 눈으로 타쿠를 노려보았지만, 오히려 천연덕스러운 시선이 돌아왔다.

"애초에 윤은 왜 그렇게 싫어하는데?"

"아니, 그게……."

"호러 케이프라고 해도 적도 그리 세지 않으니까."

"저기……. 그러니까 그 호러라는 이름이 싫어!"

"뭐야, 갑자기 소리치고."

"크으……. 갑자기가 아냐. 호리어 동굴에는 가기 싫어."

정말로 싫지만, 언젠가 가야만 하는 장소인 건 확실하다.

정식명칭은 호리어 동굴이지만, 귀신 계열 몹이 나오기 때문에 호러 케이프라고 불리고 있다.

목적지인 도등화 나무까지는 제2마을에서 가도를 따라가다가 중간의 갈림길에서 호리어 동굴을 통과한다. 그리고 포털이 존재하는 폐촌을 지나가면 다소 높은 언덕 위에 나무가 나 있다.

타쿠도 내가 귀신을 싫어하는 건 알고 있다.

"그건 포기해. 내가 호위로 따라갈게. 게다가 폐촌까지 가면 더 안 가도 되잖아. 딱 한 번뿐이야. 게다가 윤의 레벨 적성을 생각하면 조금 낮을 정도라고. 문제없어."

"알았어. 왠지 석연치 않지만. 나는 일단 로그아웃해서 밥 좀 먹고 연락할게."

"오케이. 나도 휴식 좀 하고 이따가 오후에 [아트리엘]에 오지."

우리는 그렇게 말하고 로그아웃해서 현실로 의식을 되돌렸다.

로그아웃한 나는 침대에서 일어나서 무거운 마음으로 억지로 점심 식사 준비를 했다.

오늘 점심은 미트스파게티와 인스턴트 콘스프, 생야채 샐러드다.

지난번에 그라탕에 썼던 익힌 토마토와 간 고기, 양파가 남아있기에, 거기에 맛술 대신으로 화이트와인과 토마토케첩을 더하여 맛을 조절하고 삶은 파스타를 얹은 뒤 파슬리를 뿌리면 완성이다.

스프도 샐러드도 파스타를 삶는 동안에 준비할 수 있을 만큼 간단하다.

내가 점심을 준비하자 2층에서 내려온 사람이 있었다.

"좋은 아침~. 오빠."

"안녕. 벌써 점심때야. 휴일이라고 해서 너무 풀어졌잖아. 늦잠이 심한 거 아냐?"

"괜찮아, 괜찮아. 수면 시간은 평소랑 똑같으니까…….네 시간 정도. 늦게 잤을 뿐이야."

어이어이, 생활 리듬이 망가지겠다. 일어나는 게 대충 낮 12시. 평소 미우의 수면시간이 여섯 시간에서 일곱 시간. 역산하면 오전 4시에서 5시에 잤다는 소리가 된다. 그렇게 늦게까지 밤사냥이라도 했겠지.

오빠로선 가만히 넘어갈 수 없다.

"규칙 바르게 생활해줘. 아침도 거르고……."

"하지만 평일 심야에는 사람이 없으니까 밤늦게까지 친구랑 모험했어. 혼자서 하기보단 파티를 짜고 레벨 높은 곳을 목표로 하는 게 효율 좋아."

"참나……. 효율 전에 건강을 생각해. 얼른 세수하고 옷 갈아입고 와."

"예~."

직직 슬리퍼 소리를 내면서 세면소로 사라지는 미우에게 한숨을 흘리면서, 아침을 거른 만큼 미우의 그릇에 스파게티를 많이 담았다.

잠시 뒤에 세수하고 깔끔해진 모습의 미우와 함께 테이블에 앉았다.

"와아! 미트 스파게티! 여기에 가루치즈를 많이 뿌리는 게 맛있어. 내일 카르보나라라도 부탁할까?"

"그건 다음에. 내일 재료는 이미 다 샀으니까."

"오빠는 오후에 뭐 해? 아직도 몸을 숨기고 있을 거면 나랑 같이 인적 없는 에어리어에 갈래? 광산 던전의 심층부에 오크들하고 싸우는 게 적당할 텐데."

"아, 무리. 선약이 있어."

내 한 마디에 미우가 눈을 가늘게 띠며 시선을 날카롭게 했다.

"호오. 선약입니까……. 으음, 상대는 누구일까?"

"아니, 조금 일이 있어서 —— 게임에서……. "잠깐 기다려. 지금 맞출 테니까." ……예이."

그건가? 하지만…… 조건을 생각하면……. 그런 식으로 중얼거리고 고개를 갸웃거리면서 상대를 예상하는 미우.

"오빠가 새로운 교우관계를 넓힐 가능성은 낮아. 그러면…… 오늘 쉬는 날에 친한 사람은 —— 유력후보, 타쿠미 오빠. 다음은 우선하고 싶은 생산 활동. 다크호스로 클로드 씨일까?"

"······정답. 타쿠미가 불렀어."

"흠흠. 거기에 나도 끼어도 돼? 임시 파티 모집보다 재미있을 것 같고."

"아, 타쿠미한테 식후에 연락 넣을 거니까 그때 괜찮다고 하면."

둘이서 잡담을 하고 식후에 타쿠미에게 확인 메일을 보냈더니 '오케이'라는 대답이 돌아왔다.

타쿠미와 미우는 게임에서도 이따금 파티를 짠 적이 있는 모양이라서, 두 사람의 연대는 참고가 될 것 같다. 게다가 미우는 강력한 호위가 되고, 밝은 미우가 있으면 어두운 동굴에서도 조금은 마음 편할 것 같았다.

그런 의미로 미우의 동행은 내게 아주 고마운 일이었다.

●

평소와 다름없는 수순에 따라 OSO에 로그인한 나는 [아트리엘]에 서 있었다.

"미안. 기다렸지."

"아니, 뮤우한테 내가 자세히 설명하고 있었어."

"언니는 왜 그렇게 재미있어 보이는 걸 나한테 안 가르쳐주는 거야!"

"아니, 장사 밑천이니까······."

"그럼 뤼이랑 자쿠로를 꺼내, 얼른, 얼른."

"참나."

내가 중얼거리면서 새끼 두 마리를 소환하자, 나타난 두 마리를 껴안으며 만끽하기 시작하는 뮤우.

만날 때마다 휘둘리고 안기는 뤼이와 자쿠로.

처음에는 저항하고 내게 도움을 청했지만, 뮤우의 마수에서 두 마리를 구해낼 수 없기 때문에 현실을 받아들이는 걸로 마음을 정한 모양이었다.

뮤우가 쓰다듬을 때면 어딘가 공허한 눈을 하는 건 못 본 걸로 하자.

"하아……. 역시 너무해! 하지만 만족."

아주 멋진 미소를 짓는 뮤우와 달리 뭔가가 빠져나간 것처럼 지친 기색인 뤼이와 자쿠로.

"뮤우도 만족했으니까 이야기를 확인할까. 우리의 오늘 목적은 두 가지. 윤을 폐촌의 포털까지 무사히 데려가는 것. 윤이 필요로 하는 소생약의 소재를 찾는 것. 이거면 문제없지?"

"문제없어! 렛츠 고!"

주먹을 힘껏 쳐드는 뮤우. 나는 이미 호리어 동굴 생각에 완전히 힘이 빠졌다.

지친 뤼이와 자쿠로와 함께 서로의 상처를 핥아주듯이 껴안았다.

동굴까지 가는 길에서는 딱히 장해물 같은 것도 없었다.

포털로 제2마을까지 가고, 거기서부터 가도에 출현하는

적 몹을 쓰러뜨리면서 전진할 뿐이었다.

가도에 나오는 적 몹은 나비 날개를 가진 표범 같은 몹인 페어리 팬서와 밭을 해친다는 설정의 털실귀신 등으로, 그 것들을 쓰러뜨리면서 전진하는데…….

적을 보는 대로 없앤다는 마음가짐으로 베어대는 뮤우와 가볍게 쓰다듬듯이 베어내는 타쿠가 있기 때문에 내가 나설 장면도 없이 안전, 쾌적한 여행이었다.

"아하하하, 두 사람이 너무 강해서 쑥쑥 전진하고…… 내가 있을 필요가 있나."

"그럼 적당히 인챈트라도 스스로한테 걸고, 자기 몸은 알아서 지켜."

"애초에 동굴에 들어가면 도움이 안 되겠고……. 처음부터 윤을 전력으로 세지도 않았어."

자연히 메마른 웃음이 새어 나왔다. 아, 역시나. 뭐, 지금 시점에서 존재의의가 희박하고…….

"역시 약하네~. 광산 던전의 오크가 있는 지하4층이나 던전마을의 노멀 던전 2층이 우리의 적성 레벨일까?"

"솔로면 그게 적성이지만, 나와 뮤우가 있으면 조금 더 강한 동네도 갈 수 있을걸. 다음에 더 난이도 높은 동네에 도전할까?"

"그럼 부탁할게요. 후후, 기대된다."

친구와 여동생은 사이가 좋구나. 셋이 있으면 한 명은 대화에 끼어들 수 없는 상황이 있지만, 내가 바로 그 여분의 한 명이다.

"역시 돌아가면 안 될까? 왠지 폭탄을 만들고 싶은 기분이 들었어. 게다가 귀신은 싫고."

"잠깐! 언니, 돌아와! 어린애도 아니니까."

"됐으니까 가자! 칭얼대지 마!"

"싫어! 역시 돌아갈래!"

나 자신도 신기할 만큼 저항했지만, 뮤우가 내 왼손을 붙들고 도망치지 말라는 듯이 끌고 갔다.

"자, 자, 무슨 일이 있을지 모르니까 방어만큼은 착실하게 해둬."

"우우, 기억해둬. 〈인챈트〉── 디펜스, 마인드."

타쿠는 내가 인챈트로 방어를 올린 것을 보고 끌고 가듯이 동굴 안으로 연행하였다.

호리어 동굴 안은 어둡고 등골이 얼어붙듯이 추웠다. 닭살이 돋을 정도의 추위와 숨을 쉴 때마다 폐에 들어오는 공기가 아플 정도로 무겁고 차가웠다.

그리고 무엇보다도 ──.

"우와아악! 귀신의 목소리가 휘이이익 하고."

"괜찮아. 그냥 바람소리야. 귀신의 집의 효과음이라고 생각해."

"저기, 혼령이……."

"그건 자쿠로의 불구슬이잖아."

우리 주위에 둥실둥실 떠다니는 불구슬을 보고 그 자리에서 다리가 움츠러들어 자쿠로를 껴안은 손에 더욱 힘을 주었지만, 광원을 위해 자쿠로가 만들어낸 불구슬이 자쿠로와 호응하여 껌뻑거리는 게 오히려 공포를 연출하였다.

"칫, 윤이 떠드니까 벌써 나왔군."

뭐가? 라는 의문을 품을 것도 없었다.

바람소리에 섞여서 신음소리와 단단한 것이 부딪치는 덜걱덜걱 하는 소리. 뮤우의 라이트 마법이 동굴 안쪽을 비추고, 어둠을 꿰뚫어보는 내 [매의 눈]은 어둠 속에서 기분 나쁘게 붉게 빛나는 눈동자와 그것들을 찾아내었다.

"윽……."

"그렇게 겁먹을 거 없잖아. 이런 건……."

좀비나 스켈톤이라고 불리는 언데드 계열 몹이 라이트의 빛과 동굴의 어둠과의 경계선을 넘어서 이쪽으로 다가왔다.

타쿠가 아무렇지도 않은 듯이 말하며, 다가오는 스켈톤을 검의 너클가드로 후려치자 머리뼈가 뎅그렁 소리를 내며 굴러떨어졌다. 이어서 다가온 좀비에게는 상반신과 하반신을 영원히 작별시키는 날카로운 일격을 날렸다.

지면에 떨어진 상반신과 하반신은 따로 움직였고, 그 모습만이 괜히 내 정신을 갉작갉작 갉아먹었다.

머리를 잃어도 계속 움직이는 스켈톤.

상하로 분리되어도 기어오는 좀비.

베고 때리는 물리공격이 별로 통용되지 않는 모습과 공격

할 때마다 노 가드로 덤벼드는 적 때문에 괜한 공포심이 일었다.

위스프와 달리 의사소통이 안 되어서 일방적으로 공격해 왔다.

게다가 쓰러뜨린 뒤가 묘하게 리얼하게 무섭다. 왜 잘라낸 팔 같은 부위가 부분적으로 사라지는 걸로 끝나지?

"뮤우!"

"뭔 소린지 알아. 뤼이도 할 수 있지? ── 〈솔 레이〉!"

뮤우와 뤼이가 떨어진 위치에서 빛을 뿜었다. 뮤우에게서는 열광선이, 뤼이에게서는 위에서 쏟아지는 듯한 정화의 베일이 언데드를 덮쳤다.

뮤우의 열광선은 동굴 안까지 일직선으로 뻗어서 언데드를 거센 불길로 태우듯이 빛의 입자로 되돌렸고, 뤼이의 정화는 언데드를 평온한 표정으로 만들어서 모래처럼 서서히 붕괴시켰다.

"언데드는 빛이나 정화가 약점이니까 윤보다 뤼이 쪽이 전력이 되는군. 그렇긴 해도 좀비와 스켈톤이 깨끗하게 불타버렸어."

"봐, 언니. 무서울 거 없어, 괜찮아. 깨끗하게 사라졌으니까."

동굴에 들어온 뒤로 계속 손을 붙잡아주었던 뮤우의 존재가 얼마나 고마운가.

하지만 반대로 말하자면 난 절대로 호리어 동굴에서 도망

칠 수 없다.

"얼른 여기를 지나가고 싶어."

"괜찮아, 괜찮아. 앞에는 타쿠 오빠, 옆에는 나랑 뮈이가 있으니까 걱정 없어."

"윤. 마음 단단히 먹어. 안 그러면 이 동굴에서는 짐만 돼."

분명히 짐이 되기는 싫지만, 이미 전력적으로 나 없이도 충분하다.

해외 호러 같은 인간형 괴물에 대한 내 공포는 흐려졌다. 공포는 흐려졌지만, 한기와 냉기만큼은 사라지지 않고 계속 달라붙는 것처럼 느껴졌다.

오히려 동굴에 들어온 직후보다 더 심해진 듯하였다.

마치 누가 지켜보는 듯한 느낌이다.

한 곳에서 시선을 느끼는 게 아니라 동굴 전체에서 복수의 시선이 날아들고, 그게 몸에 달라붙는 듯한 무게가 있었다.

"자, 언니, 걸을 수 있으면 얼른 가자."

"그러니까…… 무리라니까."

발을 옮기려고 한 발 뗄 때마다 공포로 움직임이 완만해졌다. 그 초조함이 더욱 움직임에 브레이크를 걸어서 종국에는 움직일 수 없게 되었다.

그때 뮤우가 만든 라이트 마법의 광원이 껌뻑이면서 약해지기 시작했다.

"타쿠 오빠! 스펙터가 왔어요!"

"알았어. 그럼 안전책으로."

벽을 뛰어넘어서 스펙터라고 불리는 반투명한 영체가 나타났다. 동굴의 빛을 침식하고 상공에 떠다녔다.

그 버드나무처럼 흔들리는 스펙터에게서 눈을 뗄 수 없어지고 심장이 시끄럽게 고동쳤다.

그리고 내 인챈트가 끝난 순간 눈에 보이지 않는 어둠이 눈앞에 다가왔다.

"—— 그만 돌아갈래! 이런 곳에 있고 싶지 않아!"

"언니!"

뮤우의 손을 뿌리치고 두 손으로 머리를 싸쥐었다. 한 손으로 안고 있던 자쿠로가 그 바람에 뛰어내려서 뤼이의 등에 올라갔다.

"타쿠 오빠! 언니가 완전히 걸렸어요!"

"칫, 걸렸나. 인챈트를 다시 거는 걸 잊어버렸나. 뮤우는 영체 스펙터를 부탁해. 내가 운을 맡지."

뮤우와 타쿠의 대화가 멀리 들렸다.

이제야 머리를 싸쥔 손이 뮤우의 손을 놓은 것을 후회했다.

손끝이 차갑고 차갑다. 싫다, 가지 마. 무서워, 무서워, 무서워……. 그래, 뤼이랑 자쿠로 옆이라면 안전해.

나는 눈앞을 감싸는 어둠 속에서 손을 뻗어서 두 마리를 세게 끌어안았다.

두 마리의 온기를 느꼈지만, 그 반면 내 손이나 뺨이 놀랄

171

만큼 차갑게 느껴졌다. 손발이 움츠러들어서 그 자리에서 주저앉아 몸을 떨었다.

사방에서 날아와서 엉겨 붙는 시선이 무섭다.

눈에 보이지 않는 공포와 엉겨 붙는 악의를 느끼면서 긴장에 침을 삼켰다.

열기가 느껴지지 않는 몸의 끝부터 어둠에 잡아먹히는 기분이 들었다.

그리고 생각하고 싶지 않은 생각을 하고, 깨닫고 싶지 않은 것을 깨달았다.

이 동굴은 —— 생물의 체내다.

계속 달라붙는 정체 모를 악의는 마치 점액 같고.

내 몸에서 온기가 빠져나가는 어둠은 마치 소화되는 듯하고.

최종적으로 나는 저 좀비들에게 잡아먹히지 않을까.

순식간에 솟구친 상상이 공포를 더 부채질하고, 내 이빨이 가만히 있지 못하고 딱딱 부딪쳤다.

냉동고에 갇힌 듯한 추위와 두개골에 울리는 내 이빨 소리에 나 자신이 스켈톤이 된 듯한 착각마저 느꼈다.

이미 나는 소화되어서 스켈톤이 된 게 아닐까.

"칫, [혼란]의 레벨이 계속 올라가고 있어. 각성약으로 정신 차려!"

아무것도 듣기 싫어. 아무것도 알기 싫어. 내 몸에 한기가 파고들어서, 그저 공포로 채워질 뿐이었다. 그런 몸에 쏟아진 차가운 액체에 왜인지 마음에 놓였다.

어떻게 된 거지? 아무것도 듣기 싫었던 귀가 소리를 받아들이기 시작하여, 머릿속에 안개가 낀 듯했지만 제대로 소리가 들려오게 되었다.

"……윤! 정신 차려!"

"타, 쿠? 뮤, 우."

초점이 맞지 않는 눈으로 두 사람을 보았다.

손에서 빛구슬을 날리며 공중을 떠도는 반투명한 괴물과 대치하는 뮤우.

동굴을 뒤덮을 기세로 수십 마리의 스펙터가 이쪽을 바라보았다. 하지만 일제히 덮치는 것이 아니라 이따금 몇 마리씩 왔다가 뮤우의 일격에 밀려났다.

"자, 하나 더. 각성약이야!"

"아니, 웁……."

억지로 입에 들이미는 유리병에서 액체가 목 안으로 흘러들었다.

사레들리지 않도록 꿀꺽꿀꺽 들이마셨다가, 숨 쉬려고 입에서 뗐다. 그러자 흘러내린 액체가 턱을 따라 목을 지나 옷 가슴께에 흡수되었다.

그러자 내가 여태까지 얼마나 꼴사납게 굴었는지 깨닫는 동시에 사고가 선명해졌다.

"푸핫, 이제 됐어. 괜찮아."

"그럼 얼른 스펙터 지역을 돌파하자. 그걸로 끝이야."

"타쿠 오빠! 언니를 데리고 얼른!"

주저앉은 내 손을 잡고 동굴을 단숨에 달리는 타쿠.

나는 그저 그 손에 이끌린 채로 발을 옮겼다. 뒤를 맡은 뮤우와 뤼이가 걱정되어 뒤를 돌아보려고 했지만 타쿠가 제지했다.

"뒤를 보지 마! 앞에만 집중해."

"아, 알았어."

얌전히 타쿠의 말에 따라서 뒤쪽에 눈을 돌리지 않고 앞만을 보았다.

우리의 시선 앞에는 동굴의 끝이 보이고 빛이 들어왔다.

우리는 그대로 좌우에서 손을 뻗는 언데드 사이를 빠져나가 동굴 밖으로 뛰쳐나갔다.

호리어 동굴을 빠져나간 곳에는 폐촌이 펼쳐져 있었다. 소박한 석조 가옥과 썩어버린 지붕의 목재. 그리고 내버려진 도구 등에서는 다소 생활감이 풍겼다.

당연하지만 동굴처럼 어두운 게 아니라 평온한 분위기가 떠오르는 폐촌으로 비틀비틀 걸어가서, 말라버린 분수 옆에 설치된 포털 앞에 웅크려 앉았다.

"……무서웠어."

"수고했어. 설마 네가 간단히 [걸릴] 줄은 몰랐어."

"그 걸린다는 건 뭐야? 그리고 그때 그건 뭐야? 나한테 뭘 먹인 거야?"

타쿠를 바라보았지만, 앉아서 올려다보는 관계상 눈을 치

켜들게 되는 건 생각 못했다.

타쿠는 씩 웃다가 딱 좋은 위치에 있는 내 머리를 다소 거칠게 쓰다듬었다.

"뭐, 뭐야!"

"뭐, 순서대로 설명하자면. 일단 너보고 방어에 치중하라고 말한 건 상태이상을 막기 위해서야."

"하아……."

알 듯한, 모를 듯한, 그런 애매모호한 대답을 하는 내게 타쿠는 말을 이었다.

"윤이 걸린 상태이상은 [혼란]이야. 처음에는 [혼란1]인데, 계속 상태이상 공격을 받아서 2, 3으로 올라가고, 내가 봤을 때는 4였어."

덕분에 혼란회복을 위해 각성약을 몇 병이나 써야 완치되었다고 말했다.

"상태이상 공격을 걸어온 건 그 반투명한 스펙터야?"

"그것도 있지만, 시작은 호리어 동굴의 지형효과야."

지형효과라고 간단히 말하자면 지형의 성질이나 특징이다.

숲이나 평원 등은 딱히 특징이랄 특징이 없는 듯하지만, 없는 게 특징이고 기본이다.

평원을 기본으로 습지대와 비교하면 습지대 쪽이 살짝 걷기 힘들고, 장소에 따라서는 다리가 걸린다. 이걸 지형효과로 생각한다면 —— [SPEED 저하]겠지.

또 던전마을의 노멀 던전에는 여러 덫이 준비되어 있거나 동굴은 내부에 광원이 없기 때문에 암흑의 성질을 갖거나 한다.

낮과 밤의 차이도 그런 성질의 일부라고 생각할 수 있다.

그런 별것 아닌 리얼리티를 지형효과에 포함하는데 ——

"호리어 동굴의 효과는 암흑 외에도 상태이상의 [혼란]의 부여야. 그렇긴 해도 정신 계열 상태이상이니까 MIND를 높이면 잘 안 걸리는 상태이상인데……."

"내가 운 없이 걸렸나?"

"아니, 인챈트의 방어 강화로 막았는데, 인챈트가 끊기는 순간 [혼란]에 걸렸으니까 단순한 MIND 부족이겠지."

동굴 때문에 뮤우와 타쿠에게 폐를 끼친 것에 낙담하고 고개를 숙였다.

"뭐, 그리고 마음가짐에 따라 걸리기 힘들어진다는 이야기가 있으니까."

"기합이나 근성 같은 소리?"

"그런 거야. 뭐, 이번에 윤은 날뛰지 않고 움직임도 멈췄으니까 처리하기 쉬웠어. 그리고 스펙터의 괴염파도 받았으니까 [혼란] 단계가 빨리 올라간 것도 있어."

"……."

전력 외라는 말을 들었지만, 실제로 짐이 되었다.

동굴의 성질을 알고 있었으면 사전에 대책 한둘 정도는 세웠을지도 모르지만, 정보 수집을 소홀히 한 벌이다.

싫다, 싫다 소리만 하면서 떼쓰기 전에 이야기를 들었으면 회피할 수 있었을지도 모르는데…….

예를 들어 사전에 [혼란 내성] 센스를 취득한다든가. 사고 유도를 피하기 위해 마음을 든든히 먹었으면 결과는 다소 나았을지도 모른다.

"뭐, 그렇게 풀 죽지 마. 나도 설마 윤이 걸릴 줄은 생각 못 했고. 내가 사전에 더 설명했으면 괜찮았을 텐데."

"……."

그때 한심하게 허둥거린 모습도, 사고가 뒤죽박죽이라서 머릿속이 새하얗게 된 순간도, 전부 안개가 낀 것처럼 희미하게밖에 떠오르지 않았다. 다만 막연한 공포만이 존재하고, 뭔가에 대한 공포인지 떠오르지 않는 위화감이 있었다.

스스로의 약함과 위화감에 아무래도 마음이 무거워졌다.

"기죽지 말라니까. 그 동굴은 보기에 따라선 너처럼 걸리는 녀석이 있는 편이 훨씬 나아. 게임 제작자로서는 플레이어에게 귀신의 집이나 담력시험의 분위기에 현실미를 주고 싶었던 거야. 그러니까 너처럼 혼란에 빠져서 못 움직이게 되는 녀석이 필요해. 오히려 신기한 체험을 하는 좋은 입장이지."

"……타쿠. 너는 날 위로하고 싶은 거야, 아니면 화나게 하고 싶은 거야?"

남을 못난이 개그맨처럼 표현하다니, 이 녀석은 언젠가 뒤에서 쏴버려야지.

"어차, 평소의 표정으로 돌아왔잖아. 그래, 너는 그런 표정으로 있어야지."

"그 표정이란 건 뭐야?"

불만을 늘어놓으면서도 내 얼굴에 손을 대어보았다. 내 표정근육을 주무르듯이 풀어보았지만, 알기 어려웠다.

"자, 윤이 평소대로 돌아왔으니. 이제 괜찮겠지."

"괜찮을 거라 생각하고 싶어……. 아니, 잠깐만. 여태까지 넋 놓고 있어서 몰랐는데, 뮤우가 아직 안 왔잖아. 그리고 뤼이도."

언데드에 대한 유효한 공격수단을 가진 한 명과 한 마리가 아직 쫓아오지 않았다.

당하진 않았겠고, 위기에 빠진 기색도 없다. 동굴 쪽으로 시선을 주며 모습을 보이길 기다렸다.

자쿠로도 걱정스러운 듯이 나와 같은 방향으로 눈을 돌렸다.

"뭐, 뮤우는 즐거워하는 게 아닐까? 공격해오는 스펙터나 좀비를 열광선으로 쏘는 거 말이야."

"아니, 테마파크의 놀이기구나 호러 FPS도 아니니까……."

하지만 좀처럼 나오지 않는 모습에 걱정이 서서히 커져갔다.

뻥 뚫린 동굴 내부의 암흑은 [매의 눈]으로도 전혀 보이지 않았다.

"어, 뮤우가 온 모양이야."

"아니, 왔다고 할까……. 뭐라고 할까."

동굴 안쪽에서 스트로보(strobo)처럼 빛이 껌뻑이는데, 동시에 울리는 발소리의 개수가 문제다.

처음에는 사람이 왔나 싶었는데, 서서히 그 발소리가 겹치고 동굴 내부에서 울리면서 소음이 된 발소리나 목소리가 만들어내는 불협화음에 눈썹을 찌푸렸다.

동굴에서 뮤우와 뤼이가 크게 점프해서 튀어나오고, 둘의 무사한 모습을 보고 안도한 것도 잠시. 그 뒤에는 수십 마리의 귀신의 무리를 데리고 있었다.

그야말로 온갖 잡귀가 백귀야행이라고 할 만큼 모여든 모습에, 혈색이 돌아온 내 얼굴에서 다시금 핏기가 가셨다.

"── 으갸압!"

여자답지 않은 기합소리를 내는 뮤우와 함께 동굴에서 뒤쫓아나온 언데드들은 동굴 밖의 햇볕을 받아 괴로워하면서 서서히 불타버렸다.

뮤우가 귀신을 데리고 온 모습에 다시금 가벼운 현기증을 느꼈다.

다만 이번에 다른 점은 동굴 안으로 돌아가려던 언데드들이 뒤쪽의 언데드와 대혼잡을 일으켜서 입구 밖으로 밀려났다는 점이다.

동굴 입구를 메우는 벽처럼 밀려나서 햇볕 밑에서 도망칠 곳을 잃고 아비규환의 지옥도를 만들어내는 언데드들.

신음소리를 내는 좀비. 비명을 지르는 스펙터. 뼈로 된 몸을 비틀며 고통을 표현하는 스켈톤.

그 광경을 보고 일망타진이네, 드랍템이 왕창이네 같은 소리를 하면서 좋아하는 뮤우. 뮤우와 함께 자신감 가득한 분위기를 자아내는 뤼이.

이건 반대로 언데드가 불쌍해지기 시작했다.

"왠지 귀신이 무섭다기보다는 불쌍하기 짝이 없어."

"뭐, 피라미 몹은 그렇지."

인벤토리 안에서 기하급수로 불어나는 드랍 아이템이 애수를 자아내었다.

햇볕을 받지 않고 살아남은 언데드들이 돌아가고, 한동안 혼란으로 가득했던 동굴 입구는 조용해졌다.

"나 왔어! 그리고 선물 왕창 가져왔어!"

그 결과 대량의 드랍 아이템이 손에 들어왔다.

좀비가 드랍하는 녹슨 철검이나 구리검 등, 이름에 '녹슨'이 붙은 아이템이다.

녹슬지 않은 것보다도 성능이나 내구도가 낮지만, [대장], [조금] 센스가 있으면 여기서 녹을 벗기고 주괴로 다시 만들 수 있다. 보통 녹슨 아이템 두 개로 주괴 하나의 비율이다. 생산직 사이에서는 비밀 광산이나 몹 광산이라고 부르기도 한다.

스켈톤이 드랍하는 뼛가루는 밭의 비료로 쓸 수 있다. 들풀과 흙과 함께 합성한 비료를 정기적으로 밭에 뿌리면 수확되는 아이템의 질을 유지할 수 있다.

이것으로 비료를 만들어서 쿄코와 합성 몹인 젤들에게 맡기면 적절한 타이밍으로 투입해주기에 중요하다.

마지막으로 스펙터가 드랍한 건 진혼의 눈물.

좀비와 스켈톤에게 레어 드랍이 없는 대신 스펙터만은 레어 드랍밖에 주지 않는다. 다만 쓰러뜨려도 아이템을 드랍하지 않을 확률이 압도적으로 높다.

이번에는 뮤우가 남획한 덕분에 내 인벤토리에도 두 개나 들어왔다.

용도는 장비 아이템의 강화 소재다. 무기 강화에 쓰면 [언데드 특효]의 효과가, 방어구에 쓰면 [언데드 내성] 등의 효과를 부여할 수 있다.

"참나, 뮤우는 그렇게 난리를 치고."

"에헤헤, 아니~, 하이 리스크 하이 리턴은 좋잖아. 나중에 필요 없는 아이템 사줘."

"그래. 뤼이는 뮤우를 잘 지켜주었구나. 장해."

내가 뤼이의 갈기를 쓰다듬자 기분 좋은 듯이 눈을 가늘게 뜨고 목덜미를 비비며 친근하게 굴었다.

"너무해! 나도 애썼어!"

"그래, 뮤우도 애썼어, 수고했어."

마찬가지로 머리를 내미는 뮤우를 쓰다듬자, 헤죽 풀어진 웃음을 지었다.

"아! 그렇지, 잊고 있었다! 언니한테 줄 걸 따로 주워왔어."

"아하하, 동굴 안에서 돌이라도 주웠어? 왜 늦게 오나

했네."

갑자기 뮤우는 뭔가 떠오른 것처럼 인벤토리에서 광석이나 보석 원석을 포함한 돌을 마구 꺼내고, 타쿠가 그걸 주워보더니 웃었다.

"타쿠는 웃어서 넘기려 들지 마. 뮤우도 걱정이나 시키고."

""네가 할 말이야?""

"……죄송합니다."

뮤우와 타쿠가 정론을 말하는 바람에 입을 다물었다. 뮤우가 곧 손뼉을 쳐서 반성의 분위기를 걷어냈고, 나는 뮤우가 주워온 아이템을 감정했다.

동굴 내부에서 회수한 돌 중 절반은 단순한 돌이었지만, 나머지 절반은 대박이었다.

"보석 원석이 대부분이군. 연마하기 전에는 모르겠지만, 이건 내가 사주는 걸로 할까?"

"알겠습니다."

"좋아, 떠들지 말고 소생약의 소재를 찾자. 이 근처는 도등화 나무 근처가 아니면 적이 나오지 않아."

"그럼, 저쪽은?"

내가 가리킨 곳은 나무가 듬성듬성 난 산과 거기서 이어지는 두렁길이었다. 흐드러지게 핀 핑크색 꽃잎이 있는 방향과는 정반대의 험준한 산이 보이는 곳.

"그쪽은 무리야. 명백히 지금 레벨과는 차이가 너무 커서 갔다간 확실하게 저세상이야. 나도 무슨 일이 있었는지도 모른 채 도망쳐 왔으니까."

"뮤, 뮤우도 그래?"

"대충 그래. 그러니까 산이랑 언덕에 접근하지 않으면 적은 나오지 않아."

나는 그 말에 이해하고 폐촌 안이나 폐촌 부근의 잡목림 탐색에 임했다.

그렇다고 해도 이 에어리어의 지리는 전혀 모르겠다.

"저기, 이 근처에서 주된 심볼이나 오브젝트 같은 건 없어? 그런 장소에 있을 것 같은데……."

"그렇군. 처음에 온 장소라서 아무것도 모를 테니까 ——[지하실]에 마을 지도를 그린 태피스트리가 있었을 거야."

"그러고 보면 그런 것도 있었어. 나는 스크린샷을 안 남기니까 희미하게 기억하는데, 분명히 촌장의 집 바닥 밑에 있는 숨겨진 지하실이었지? 하지만 아무것도 없다고 들었어. 저기 저 집."

뮤우가 그러면서 가리킨 곳에는 포털과 말라버린 분수를 사이에 두고 반대편에 낡은 집들이 부채꼴 모양으로 퍼져있고, 그 안에 간신히 원형을 지킨 커다란 석조 가옥이 촌장의 집인 모양이다.

두 사람의 안내를 받아 도착한 촌장의 집은 겉보기로는 크게 손상된 모습이었지만, 내부는 의외로 깔끔했다. 가구 같은 건 먼지를 뒤집어썼지만, 애초부터 튼튼하게 만들었는지 다른 집보다도 형태를 그대로 남기고 있었다.

"분명히 안쪽 방의 바닥에서 흙을 치우면 지하실이 있다고 했는데……."

"알고 있어. 보이니까."

나는 [간파] 센스가 반응하는 부위를 조사했다. 먼지나 흙이 쌓인 바닥 표면을 스윽 걷어내자, 가장자리를 쇠로 두른 두꺼운 나무문이 나타났다.

그걸 들어올리듯이 열자, 곰팡내 나는 먼지가 피어오르는 가운데 코가 예민한 새끼들은 도망치듯이 촌장의 집에서 나가고 뮤우와 타쿠가 코를 눌렀다.

지하실에서는 먼지 섞인 공기가 흘러나와서 코를 찔렀다. 반대로 방에서 신선한 공기가 흘러들었다.

"뮤우, 불빛 부탁해도 될까?"

"알았어. —— 〈라이트〉."

어두운 지하실에 빛구슬을 던지는 뮤우. 입구에서 들여다보아 안전을 확인하고, 남아있는 사다리를 이용하여 내려갔다.

널찍한 지하실에는 나무선반이나 책상이 있고, 벽에는 지도인 듯한 그림이 자수된 커다란 태피스트리가 걸려있었다. 정말이지 뭔가가 있음직한 분위기였다.

"이게 지도의 태피스트리야. 알겠어?"

"잠깐만 있어 봐."

벽에 걸린 태피스트리의 지도를 손가락으로 훑으면서 장소를 확인했다.

중앙의 분수와 지금 있는 촌장의 집의 위치, 마을 안을 잇는 길과 부채꼴로 지은 집들의 표식.

그 외에도 우리가 지나온 호리어 동굴의 입구나 나무들이 듬성듬성 난 산으로 가는 길 등의 상세하게 기록되어 있었다.

그리고 도등화 나무가 있는 언덕에는 빛바래긴 했지만, 옅은 핑크색 실로 꽃이 수놓여 있었다.

"과연. 마을 전체의 모습은 파악했어. 그리고 곳곳에 있는 이 마크가 마음에 걸려. 여기에 마지막 소재가 있을지도 몰라."

내가 혼자 태피스트리를 확인하는 동안에, 뮤우는 싫증났는지 지하실을 뒤졌다. 그중에서 책장에 있던 물건을 내게 내밀었다.

그건 나무판자에 구멍을 뚫고 실을 꿴 목간이라고 하는 기록매체이며, 나는 삼베끈을 풀어서 잘그락 소리를 내며 펼친 그것을 훑어보았다.

"그거, 이 지하실에서 가지고 나갈 수 없는 오브젝트야. 인벤토리에도 안 들어가고, 가진 채로 지하실에서 나가면 전이해서 돌아와."

"분명히 내용은 [이걸 읽은 자가 있거든 그 괴물 근처에 가지 말 것 ──]이었던가?"

타쿠가 기억하는 문장 한 구절을 외웠지만, 자세하게는 기억하지 않는 모양이었다.

나는 장비 센스를 [언어학]으로 바꾸고 목간을 훑어보 았다.

"조금 달라."

나는 목간 내용을 소리 내어 읽었다.

이 목간의 내용은 촌장과 마을 점쟁이의 말이었다.

마을의 성립. 그리고 토착신인 거대한 늑대와 제물의 관계. 그에 따른 마을의 존망의 위기. 늘어나는 제물과 계속 피어나는 꽃. 풍요로운 토지에도 불구하고 줄어드는 마을 인구. 마지막으로 결기한 젊은이들의 죽음과 언데드화까지 의 흐름이 기록되어 있었다.

그리고 거대한 늑대의 정체가 영체라는 사실도.

마지막으로 마을 점쟁이의 경고가 실려 있었다.

"―― [절대로 가까이 가지 마라. 놈은 영계의 문지기다] 로 끝이야."

―― [R 퀘스트 : 도등화의 늑대 토벌]이 개시되었습니다.

이 순간 우리에게 미지의 퀘스트가 발생하였다.

●

""".......어?!"""

우리 셋은 갑작스럽게 시작된 퀘스트 안내에 경악했다.

"어이, 타쿠. 왜 퀘스트가 시작되었지?"

"모르겠지만 뭔가 조건이 있었겠지. 여태까지 하지 않았던 뭔가가 있었을 거야."

"어어, 여태까지 하지 않았다고 하면, 촌장이 남긴 말의 해독? 하지만 그건 했잖아. 다만 스크린샷에서의 해독이고……."

"가지고 나가면 안 되는 오브젝트를 이 자리에서 해독하는 게 조건 아냐?"

뮤우의 지적에 퀘스트 발생 조건을 정리하였다.

[지하실]에서 [오브젝트]를 [해독]한다. 장소, 대상, 행동이라는 세 가지 조건을 모두 갖추면 발생한다고 생각하는 게 이해가 갔다.

해독하기 위한 [언어학]을 가진 플레이어는 극소수겠고, 여태까지 직접 오는 일도 드물었겠지.

솔직히 맹점인 조건이고, 의문은 끝이 없다.

이 R 퀘스트의 R이란 건 뭐지? 아무튼 퀘스트의 자세한 내용을 메뉴에서 확인했다.

—— [R 퀘스트 : 도등화의 늑대 토벌 1/3] ——
요석을 부숴라. —— 0 / 7

퀘스트 내용의 의미를 알 수 없어서 두 사람에게 도움을 청했지만, 마찬가지로 고개를 좌우로 내저었다.

"모르겠어. 하지만 이번에 중요한 건 스크린샷으로 남겨두자. 나중에 실마리가 될지도 모르니까."

"그래. 그 외에 정보가 없는지 찾아보고 밖으로 나가자."

뮤우의 제안에 타베스트리의 지도를 스크린샷으로 보존하고 지하실을 탐색했다.

태피스트리의 지도 이외에 발견된 건 없었다.

"그렇기는 해도 R 퀘스트라. 뮤우는 R이란 글자에 짚이는 거 있어?"

"으음. 레어의 R이라든가, 관계라는 의미의 릴레이션?"

뮤우의 말은 가능성으로서 있을 법하다. 하지만 그중 하나를 타쿠가 부정했다.

"잘 모르겠지만, 관계란 의미는 아닐 거라 생각해. 이어지는 퀘스트의 경우는 퀘스트 앞에 연쇄를 의미하는 체인의 C라는 게 이미 있어. 나도 레어 이외는 떠오르질 않네. 윤은 짚이는 말 없어?"

"폐인 둘이 모른다는데 내가 알 리가 없잖아. 그보다도 퀘스트의 첫 과제가 요석인가……."

"위로 올라가보면 알지 않을까? 내가 먼저 올라갈게."

그런 말을 남기고 뮤우는 재빨리 이 먼지투성이 지하실에서 나갔다.

나와 타쿠도 어깨를 으쓱였지만 어둑어둑한 지하실에 계속 있고 싶지 않다는 마음은 마찬가지였다.

좁고 압박감이 드는 지하실에서 나오자 산들바람이 부는

푸른 하늘이 기분 좋았다. 나는 개방감에 기지개를 켜며 주위로 시선을 돌렸다.

"힌트는 이 태피스트리의 마크려나."

지하실에서 본 태피스트리에 기록된 마크의 숫자가 일곱 개라는 요석의 숫자와 일치하니까 아마도 그렇겠지.

게다가 요석이란 지면에 박는 돌로 지맥이나 지진을 제어하거나, 때로는 영혼을 봉인하는 것이기도 하다.

영적인 상징으로 생각한다면 만져선 안 되는 것이겠지. 그걸 부수라는 건……

"요석이란 게 왠지 싫은데. 악령이라도 봉인되었을 것 같아서……"

"그보다 여기서 제일 가까운 건 저쪽이야."

뮤우는 혼자서 성큼성큼 걸어갔다. 너무 조심성 없는 것 아닌가 싶었지만, 뒷모습을 보고 알았다.

"뮤우 녀석은 호기심을 억누를 수 없나 보네."

"어쩔 수 없겠지. 미지의 퀘스트니까 신중해지기도 하겠지만 흥분도 돼. 너그럽게 봐주라고."

혼자서 뛰어가고 싶은 것을 참으며, 샘솟는 마음이 가벼운 발걸음으로 나타나는 뮤우. 다소 안절부절못하는 모습이 왠지 어린애 같다고 생각되었다.

"그렇기는 해도 늑대 토벌이라는 걸 보면 보스전이 있나……. 셋이서 될까?"

"뭐, 안 될 것 같거든 도망쳐야지. 도망칠 수 없다면 죽어

189

서 퀘스트를 다시 하면 되는 거고."

죽었을 때의 데스 페널티는 아프지만, 딱히 레벨이 내려가는 것도 아니다.

디메리트도 일정시간의 스테이터스 저하와 소지금의 절반이다. 그사이에 작전을 다시 세우고 머리를 식힌다고 생각하면 된다.

"자, 타쿠 오빠랑 언니도. 저게 첫 요석 아냐?"

뮤우가 가리킨 곳에는 방금 전의 폐촌 주변을 탐색할 때에 보았던 바위가 있었다. 전혀 이상할 것 없는 바위 이외에는 딱히 요석이라고 할 오브젝트가 존재하지 않으니까 아마도 그 바위가 그렇겠지.

"자, 시작하자. 언니 부탁해."

"나 말인가. 뭐, 하는 일은 변하지 않으니까 상관없지만."

인벤토리에서 곡괭이를 꺼내어 휘둘렀다. 딱딱하니 새된 소리와 감촉. 그리고 요석에 생긴 작은 흠집을 보니 생긴 것과 다르게 깨뜨리기 어렵다는 걸 알았다.

"단단해! 모든 요석을 다 부수기 전에 곡괭이가 나가는 거 아냐?"

"혹시 그렇거든 내가 마법으로 돌을 날려버릴게."

"그럼 그런 방향으로 부탁할게. 하압!"

두 번, 세 번 곡괭이를 휘둘러서 상처를 크게 만들었다. 그리고 몇 분에 걸쳐 요석을 파괴했을 때, 변화가 일어났다.

"뭐지?!"

"윤, 물러나! 뮤우."

"예이!"

나를 뒤로 물리고 뮤우와 타쿠가 앞으로 나서서 검을 들었다. 뤼이와 자쿠로도 꼬리털과 갈기를 곤두세우면서 임전태세에 들어가는 가운데 나는 깨진 요석을 지그시 바라보았다.

하얀 연기가 뿜어져 나와서 서서히 인간의 형태를 만들었다. 반투명하면서 어딘가 촌티 나는 느낌의 성인 여성이었다. 얼굴에 생기는 없고, 그저 일방적으로 말을 늘어놓았다.

[── 나를 해방해준 것에는 감사한다. 하지만 지금 당장 돌아가라. 아직 늦지 않으니까.]

그런 말만을 남기고 유령이나 망령이 성불하듯이 여성의 모습이 훌쩍 공기에 녹아서 사라졌다.

"지금 그건 뭐지?"

"퀘스트용 NPC 아냐? 요석 하나하나마다 비슷한 설정이 있다든가."

내 의문에 타쿠가 대답했다. 분명히 이벤트용 캐릭터라면 이해할 만하다.

"자, 퀘스트의 숫자가 늘어난 걸 보면 분명히 진행되었어."

사라진 여성의 말은 경고면서도 퀘스트에 대한 흥미, 마을이 멸망한 이유가 다음 요석으로 밝혀질지 모른다는 호기심을 자극하는 뭔가가 있었다.

막으려고 경고하면서도 차츰 진상을 밝혀주기도 한다. 마치 읽을수록 처참한 광경을 목격하지만, 읽지 않으면 진상에 도달할 수 없는 추리소설 같은 전재가.

"……재미있어졌군."

"어, 윤이 이제야 의욕을 냈나. 그럼 오늘 중에 퀘스트에 나오는 늑대의 정체를 볼까."

"찬성! 다음에는 저쪽 방향! 렛츠 고!"

우리는 차례로 요석을 파괴하였다.

부서진 요석에서는 작은 아이, 정갈한 젊은이, 주근깨투성이의 소녀, 외눈박이 사냥꾼, 뚱뚱한 행상인 같은 남자가 나타나서 한 마디씩 말을 하여서, 우리는 서서히 핵심에 다가갔다.

마지막으로 로브를 두른 노파의 말에 귀를 기울였다.

[나는 점쟁이다. 이미 뭔가를 알 힘도 없지만. 자, 요석을 파괴하고 다녔단 소리는 그 늑대와 싸우려는 거겠지. 그만두라고 목간에 남겼는데도. 여기까지 왔으니 이미 늦었다. 자, 그 늑대에 대해 말해주마. 녀석은 그저 여신에게 나무를 맡았을 뿐인 망령늑대다. 허나 기나긴 세월을 영체로 살아온 녀석은 보통 강하지 않다는 것만은 기억해두어라. 가능하면 사명에 집착하는 늑대를 구해주었으면 싶구나. 늙은이의 마지막 바람이다.]

모든 요석을 파괴하고 모든 캐릭터와의 대화를 마쳐서 대충 배경이 보이기 시작했다.

이건 다소 어둡고 작은 마을의 멸망 이야기다.

마을이 흉작에 빠져서 토지신인 늑대에게 제물을 바쳤다. 거기에 반항한 일부 마을사람들이 요석을 부수고 늑대를 쓰러뜨리려고 결기했다. 하지만 작전은 실패하고 마을은 멸망했다.

산 채로 제물이 된 자, 호리어 동굴에서 언데드가 된 자.

외적을 잡아먹는 [늑대와 도등화 나무]의 보호를 받는 동시에 [늑대와 도등화 나무]에게 제물을 바치는 마을.

결국 마을에서 도망치든가, 현황을 받아들이든가, 둘 중 하나뿐인 환경. 늑대도 자신의 사명밖에 눈에 없다. 그 운명을 타파하려다가 늑대의 분노를 사서 모두가 멸망했다.

"왠지 슬픈 이야기네. 아이들이나 여자가 유령이 되어 나왔을 때에는 놀랐고."

"그래. 설정이라고 해도 슬픈 이야기야. 하지만 아직 퀘스트 중이야. 늑대를 쓰러뜨리면 영혼만이라도 구할 수 있는 거라면 구원의 길은 준비되어 있어."

"뮤우의 말이 맞아. 퀘스트는 다음 스텝으로 넘어갔어."

메뉴를 확인한 타쿠의 말에 나도 퀘스트의 상세 내용을 확인하였다.

── [R 퀘스트 : 도등화의 늑대 토벌 2 / 3] ──

도등화 나무에서 나오는 몬스터를 쓰러뜨려라. ── 0 / 1

확실히 퀘스트는 진행되었다.

우리는 퀘스트에 있는 도등화 나무 쪽으로 다가갔다.

다소 높은 언덕을 올라간 곳에 있는, 이상할 것 하나 없는 푸른 하늘 아래에 펼쳐진 공간이었지만, 보이지 않는 경계선을 한 발 넘어가자 거기에는 다른 공간이 펼쳐졌다.

"뭐야?! 여긴……."

보라색 하늘과 아름다운 꽃을 피운 도등화 나무. 그리고 나무 밑에서 솟아나는 몹들의 대군이 기다리고 있었다.

검은 태양이 너무나도 불길하게 비추는 가운데 우리는 각각의 무기를 들었다.

"우와…… 무리야, 이 숫자는."

"하나, 둘, 셋……. 으음, 백은 넘으려나? 타쿠 오빠, 상대할 수 있을 것 같아?"

"한 명당 약 30에서 40마리라면…… 아슬아슬."

"뮤우랑 타쿠! 느긋하게 떠들 때가 아냐! 도망치……으."

내가 돌아보며 나무에서 한 발 물러나려고 하자, 우리를 포위하듯이 이미 수십 마리의 언데드들이 지면에서 기어나왔다.

완전히 포위되어서 우리는 도망칠 수도 없다는 걸 깨달았다.

"으으, 이거 지겠는데. 뤼이, 자쿠로, 미안. ── 〈송환〉."

"아니, 이 숫자의 적을 상대하는 건 너무 힘들잖아. 두근두근해!"

"이거 나도 맨발로 도망치고 싶어질 숫자의 폭력인데, 전력으로 부딪쳐보실까!"

나는 이미 질 것을 각오하고 뤼이와 자쿠로를 소환석으로 되돌렸다. 뮤우와 타쿠도 마찬가지로 데스 페널티를 각오한 모양이었다. 하지만 마지막까지 싸울 마음을 보였다.

"윤. 나한테는 공격. 뮤우한테는 속도 인챈트!"

"오케이. 〈인챈트〉—— 어택, 스피드!"

내 인챈트를 시작으로 언데드들이 공격해왔다.

우리를 에워싸듯이 진을 짜고, 도망치지 못하도록 검이나 창을 이쪽으로 향한 채 뼈로 된 몸을 가까스로 뒤덮은 채인 더러운 가죽신발로 지면을 내딛으며 포위망을 쳤다.

그리고 그런 언데드들을 뛰어넘어서 포위망 내부에 들어온 자가 있었다.

"—— 스켈톤 라이더?"

타쿠가 중얼거린 앞에는 인간이 올라탈 정도 크기의 반투명한 늑대를 탄 스켈톤 세 마리가 있었다. 각자가 무기를 들고 각기 다른 장비를 갖춘 해골기병의 집단이었다. 늑대는 반투명한 몸 가장자리에 보라색 불길을 띠고 넝마가 된 안장에 스켈톤을 태우고 있었다.

이 세 마리가 뛰어나오자, 주위의 언데드들은 무기를 들이대며 포위망을 유지할 뿐이지 전혀 움직이지 않고 가만히 있었다.

"선수필승! —— 〈선라이트 애로우〉!"

195

뮤우는 무기를 들지 않은 손에서 빛의 화살을 여러 개 만들어서 스켈톤 라이더 중 한 마리를 휘감아서, 그 안쪽의 언데드 포위망 중 일부를 재로 되돌렸다.

그 일격으로 스켈톤 라이더와 언데드 몇 마리를 해치웠다.

단숨에 덤벼들지 않는 언데드와 두 마리 남은 스켈톤 라이더.

이거라면 어쩌면 이길 수 있다…… 그런 희미한 기대를 품었지만.

"하하하, 거짓말이지? 보충되다니."

내 혼잣말은 보라색으로 물든 하늘로 빨려들었다.

포위망에 난 구멍을 메우듯이 움직이는 언데드와 그 뒤의 지면에서 기어오르듯이 등장하는 새로운 언데드.

간단히 포위망의 언데드가 보충되고 다시금 그 언데드의 벽을 뛰어넘어서 스켈톤 라이더 한 마리가 추가로 나타났다.

"이거 이벤트 전투 같은 건가 본데. 도망칠 수는 없고, 섬멸이라고 할 만큼 가혹한 공격도 아냐. 격파 개수나 아니면 시간제한인가. 윤, 준비됐어?"

"이거 끝이 보일 때까지 싸울 수밖에 없으려나! 언니, 서포트 부탁해!"

뮤우와 타쿠가 동시에 지면을 박차고 스켈톤 라이더에게 육박했다.

뮤우와 타쿠는 서로에게 등을 맡겨서 사각을 보완하여 둘이서 세 마리의 스켈톤 라이더를 상대하였다.

뮤우는 인첸트로 강화된 속도로 스켈톤 라이더를 희롱하고, 기동력의 역할을 가진 늑대를 노려서 적의 행동을 방해하였다.

그 틈에 타쿠가 아츠로 본체 스켈톤에게 착실하게 대미지를 입혔다.

뮤우가 희롱하고 타쿠가 큰 대미지를 준다.

타쿠 쪽으로 타깃이 옮겨가면 타쿠는 공격의 손을 늦추고, 반대로 뮤우가 러시를 걸어서 타깃을 도로 빼앗는다.

싸움 중에 그렇게 섬세하게 어그로를 관리하는 두 사람을 나라고 그냥 구경만 하고 있을 순 없다. 잘못 공격하여 타깃이 넘어오는 걸 피하면서 두 사람에게 인챈트를 다시 걸거나 스켈톤을 방해하기 위해 속도 커스드를 걸었다.

또 피탄이나 아츠의 사용으로 입은 HP와 MP 회복 서포트를 맡았다.

여러 차례에 걸쳐 추가되는 스켈톤 라이더를 쓰러뜨리는 두 사람. 한 마리 쓰러뜨려도 또 한 마리가 포위망 안에서 뛰어나온다. 개체로서는 약한 분류지만, 주위가 보이지 않는 싸움과 끊임없는 긴장으로 소모되어가는 기력.

"윤, 새로운 놈이 나타났어!"

"오케이!"

포위망 밖에서 뛰어든 스켈톤 라이더에 대한 대처가 늦었기 때문에 뮤우에게 타깃이 넘어가지 않고 내 쪽으로 달려왔다.

역시나 기승 계열 몹이다. 상당한 속도로 달려와서 돌격의 기세와 긴 팔과 창의 리치를 살린 찌르기에 바람 가르는 소리가 한발 늦게 귀에 닿았다.

또 높은 위치에서 휘두르는 듯한 찌르기이기 때문에 리치가 짧은 식칼이나 재빠른 방향전환이 어려운 장궁으로는 곧바로 반격하기 힘들다.

그래도 나는 뮤우나 타쿠 정도는 아니지만 내 몸 정도는 지킬 수 있다.

"〈커스드〉—— 디펜스."

지면을 굴러서 위에서 떨어져 내리는 듯한 찌르기를 피하면서 그대로 나를 지나친 스켈톤 라이더의 등에 커스드를 걸었다.

달려나간 기세로 포위망 구석에서 반전하는 스켈톤 라이더는 늑대를 조종하여서 다시금 돌격해왔다.

"언니!"

"윤!"

두 사람이 소리치지만, 걱정 필요 없다. 이미 나는 요격 준비를 끝냈다.

"—— 〈클레이 실드〉!"

스켈톤 라이더와의 사이에 출현하는 흙벽.

기세가 붙은 스켈톤 라이더는 달리는 기세를 줄일 수도

없어서, 눈앞에 생겨난 흙벽에 성대하게 충돌하고 그 몸을 구성하는 뼈가 산산이 흩어졌다.

커스드로 방어력이 떨어진 스켈톤 라이더는 돌격으로 발생한 대미지를 그 몸으로 받았다.

비틀거리며 일어나는 늑대와 가까스로 싸울 만한 뼈를 남긴 스켈톤 라이더. 하지만 나는 거기에 결정타를 먹였다.

"──〈궁기 – 단발 꿰기〉!"

흙벽 옆에서 튀어나가 가까이서 장궁을 당겼다. 근거리에서 날아간 아츠는 스켈톤 라이더의 몸을 꿰뚫고 상반신의 뼈를 산산조각내었다.

스켈톤 라이더의 상반신은 빛의 입자가 되고, 남아있는 늑대도 스켈톤의 하반신을 태운 채로 소멸의 입자를 뿌리면서 언데드 포위망 밖으로 도망쳤다.

상대를 쓰러뜨렸지만, 그걸 확인하기 전에 언데드 포위망 밖에서 새로운 스켈톤 라이더가 추가되고 뮤우와 타쿠가 그걸 막았다.

그런 두 사람의 뒷모습을 향해 인챈트를 다시 걸었다.

"〈인챈트〉── 어택, 스피드!"

"땡큐! 뮤우, 오른쪽 맡아!"

"라저!"

세 사람의 연대로 크게 흔들리는 일 없이 계속 싸웠다. 하지만 끝이 보이지 않는 전투가 이렇게 지치는 걸지는 몰랐다.

"레벨업 용으로는 좋을지도 모르지만…… 언제까지 이 녀석들을 상대해야 하는 거야!"

"뮤우, 진정해!"

"아! 그냥 죽어서 되돌아가는 게 낫지 않아? 나는 전혀 문제없는데……."

"윤까지 그런 소릴 하고! 자, 다음 온다!"

타쿠가 스켈톤 라이더를 베어냈을 때 새로운 스켈톤 라이더는 나타나지 않았다. 반대로 남아있는 두 마리가 포위망을 뛰어넘고, 에워싸던 스켈톤들이 나무로 이어지는 길을 만들 듯이 좌우로 갈라졌다.

"뭐야? 겨우 퀘스트가 진행되었나?"

"그런 모양이군."

수십 마리의 스켈톤 라이더를 쓰러뜨렸을까. 숫자는 모르겠지만, 상당히 많이 해치운 것 같다.

그리고 마지막 스텝으로 나아가서——

—— **[R 퀘스트 – 도등화의 늑대 토벌 3 / 3]** ——
도등화의 늑대 [가름팬텀]을 쓰러뜨려라. 0 / 1

퀘스트가 마지막 단계로 들어가는 동시에 나무 밑동에서 안개가 나왔다.

보라색 독가스 같은 안개가 뿜어져 나오더니 그게 소용돌이를 그렸다. 반투명한 가스로 구성된 늑대는 거대하다는 말이 어울릴 만한 체구를 가졌다.

몸길이는 10미터 정도 될까. 높이는 인간의 세 배가 될 만한 늑대. 그 사지는 영체면서도 날카롭고, 인간 따윈 단숨에 삼킬 수 있을 만큼 거대한 입을 가졌다.

플레이어가 대처할 수 있는 레벨을 명백히 일탈한 보스. 그 거대함에 기시감을 느끼면서 나는 보스를 올려다보았다.

[너희냐. 내 요석을 파괴한 것은…….]

"……보스가 말했다. AI가 있나."

타쿠가 감탄사를 흘렸다. 하지만 그걸 개의치 않고 스토리는 진행되었다.

[요석은 빨아들인 생기를 가다듬는 요소! 그걸 파괴했으니까 이렇게 망자들이 넘쳐나지 않는가! 이 어리석은 놈들! 아니면 나무의 치유력에 낚였나!]

아, 떠올랐다. 이 크기는 예전에 본 적이 있다. 여름 캠프 이벤트 최종일에 나왔던 보스 [환수포식자]와 같다. 한 명. 아니, 한 파티로 상대하는 건 무리다.

레이드급 보스. R이란 레이드. 복수 파티 추천의 퀘스트였나.

[고작 셋으로는 요석의 제물 숫자가 모자란다. 어쩔 수 없지, 권속들이여. 되찾아와라.]

말과 함께 이중으로 울리는 늑대 [가름팬텀]의 울음소리에 공명하여 땅속에서 스켈톤 라이더가 일곱 마리 나타나서 어딘가로 날아갔다.

[여기서 죽여서 나무의 거름으로 삼는 것도 좋지. 하지만 새로운 제물로 삼기에는 숫자가 너무 모자란다.]

앞다리를 크게 쳐드는 늑대. 그 동작에 우리는 반응했다.

타쿠가 앞으로 나서서 방어태세를 갖추고, 내가 그런 타쿠에게 DEF와 MIND 인챈트를 이중으로 걸었고, 뮤우가 광속성 방어막을 전개했다.

[―― 저항하는가, 그럼 한 번 볼까.]

단 일격. 휘두른 앞다리에서 나온 충격파는 지면을 헤집고 언데드조차 휘감아서 우리를 날려버렸다.

지면에 매달리듯이 버티려고 했지만, 저항도 헛되이 하늘로 날아가서 낙법도 치지 못한 채로 등을 부딪쳤다.

"커, 흑⋯⋯."

성대한 공격도 몸을 가눌 수 없을 정도의 위력. 게다가 오감으로 느끼는 충격이 예상보다 적다는 사실에 나는 혼란에 빠졌다.

현실이라면 몸이 찢어질 정도의 고통이 찾아올 텐데, 게임이기에 존재하는 통각 차단이 오히려 인간의 감각 신경을 망가뜨려서 오버플로우를 일으키는 게 아닐까 상상하게 된다.

뮤우도 타쿠도 지면에 쓰러져서 늑대를 노려보았다.

[흥, 그 정도로 나를 쓰러뜨리겠다니 웃기는 소리! 나를 멸하고 싶거든 그 열 배의 전력을 가져와라!]

자리에 울리는 목소리. 역시 이 퀘스트는 대인원 추천

이다.

요석의 숫자는 파티 상한인 여섯 개보다 많은 일곱. 제물이 부족하다, 사람을 더 불러와라, 라는 늑대의 말도 그런 뜻이겠지.

그렇긴 해도 울리는 목소리는 조금 괴로울지도. 중저음이 단속적으로 울려서 머리에 충격을 주었다.

[흠, 늦지 않은 모양이군.]

우리가 일어날 수 없는 상황 속에서 방금 전에 날아간 스켈톤 라이더들이 되돌아왔다.

그 손에 들린 것은 사슬에 묶여 끌려오는 일곱 명의 유령.

남녀노소에 관계없이 꽁꽁 묶인 유령들이 절규하였다.

[역시 구원은 없는가.] [싫어! 더는 싫어!] [죽은 아내와 겨우 만날 수 있는데!] [또 어두운 땅속인가……. 다음은 언제가 될까.] [여신이여, 이것도 시련입니까?] [나는 애초에 마을이랑 관계없어! 놔줘!] [실패했나. 뭐, 우리처럼 제물이 되지 않은 것도 행운이라고 생각하고 잊어버려라.]

제물이었던 유령들이 다들 스켈톤 라이더와 함께 지면 속으로 끌려갔다.

마지막으로 본 것은 달관한 얼굴이나 체념한 표정의 유령이나 울부짖으면서 도움을 청하는 아이들의 얼굴로, 그 비명이 언제까지나 그 자리에 메아리쳤다.

[나는 다시 잠이 든다. 다음에는 목숨이 없을 줄 알아라.]

다시금 안개가 되어서 사라지는 가름팬텀. 그 뒤를 쫓듯이 지면으로 가라앉는 언데드들. 뒤에 남겨진 것은 지면에 쓰러진 우리뿐이었다.

낮은 시점에서 올라다본 도둥화 나무를 처음으로 천천히 바라보았는데, 분위기와 안 맞는 말일지도 모르지만 아름답다고 생각했다.

이런 것을 현실도피라고 하겠지.

"윤, 뮤우. 괜찮아?"

"나는 대충 살아있어. 제일 뒤에 있었으니까 입은 대미지는 적어."

"나는 위험해. 방어구의 내구도가……."

그런 긴장한 장면 직후인데도 얼빠진 대화를 하는 우리들. 하지만 뮤우만은 한마디도 하지 않고 조용히 일어섰다.

"미안. 나 기분이 좀 안 좋으니까 나가도 돼?"

"어, 그래. 알았어. 푹 쉬어."

"뮤우, 정말 괜찮아?"

"응. 물 좀 마시고 쉬고 올게. 미안."

미묘한 미소를 지으면서 로그아웃하는 뮤우. 단순한 게임이지만 평소처럼 씩씩하고 기운찬 모습이 송두리째 사라진 느낌이었다.

이번 이벤트가 너무 충격적이었을까, 평소에 자신만만한 뮤우의 프라이드가 지금 일격으로 분쇄되었을까…….

"알았어. 우리만이면 사람이 부족하니까 지인들에게 말할 건데 괜찮아?"

"아, 그런 건 타쿠에게 맡길게. 나도 뮤우 좀 보고 올게."

나는 로그아웃한 뮤우가 걱정되어서 타쿠의 이야기를 가볍게 흘려 넘겼다.

"뮤우, 분위기가 이상했지. 어쩔 수 없지. 얼른 다녀와."

"고마워, 타쿠."

"무슨 소리야. 뮤우도 너도 소중한 동료야. 당연하잖아."

마음속으로 타쿠에게 감사했다. 얼른 가보라는 타쿠의 말을 들으면서 나도 로그아웃했다.

로그아웃한 나는 미우가 어쩌나 보려고 방 문을 노크했다.

"미우? 좀 어때? 들어가도 돼?"

방 안에서 소리가 들리고, 잠시 뒤에 '들어와'라는 미우의 목소리가 들렸다.

"들어간다. 괜찮아?"

"에헤헤, 져버렸어."

히죽, 내가 쓰다듬어주었을 때처럼 김빠진 미소를 지었지만, 지금은 기력이나 의욕이 부족해서 연기처럼 느껴졌다.

나는 마음을 굳히고 미우에게 물었다.

"진 게 그렇게 쇼크였어?"

"으음, 그런가? 나는 여태까지 진 적이 없었거든."

그런 식으로 가볍게 말하지만, 곧 표정이 흐려졌다.

"역시 게임은 패배가 있는 게 당연해. 이기고 지고, 지고 이기고. 그게 반복되는 게 즐겁지만, 나는 계속 패배를 잊고 있었나 봐."

"나는 이긴 경험이 거의 없고 실패만 했어. 그렇게 신경 쓸 일은 아냐."

"오빠는 지는 걸 아니까 그래. 하지만 그러니까 난 VR에서 지는 게 그렇게 쇼크인 줄 몰랐어. 처음 경험했어……."

일단 말을 끊는 미우. 나는 다음 말을 조용히 기다렸다.

"……게다가 그 퀘스트. 마지막에 퀘스트 NPC의 망령이 사라지기 직전에 나를 봤어. 아주 원망스러운 눈으로. 그게 무서웠어. 그런 시선을 받은 적이 없었으니까."

"의외네. 미우가 그런 생각을 하다니."

"의외라니 너무한데! 하지만 이게 퀘스트의 목적이 아닐까?"

퀘스트의 목적이란 말의 의미를 알 수 없었지만, 미우의 마음속에선 뭔가 의미를 가진 모양이다.

방의 천장을 올려다보고 크게 숨을 내뱉더니 미우 나름대로의 답을 말하였다.

"게임은 즐거워. 마음이 쿵쾅거리고 두근거리고 계속하고 싶어. 팍팍 전진하고 싶고, 막 떠들고 싶어. 그런 축제 같은 시간이 언제까지나 계속된다고 착각하게 돼."

"뭐, 즐거운 시간이 언제까지나 계속되길 바라지만."

"하지만 게임은 언젠가 멈춰야 해. 꿈의 세계에 계속 있을 순 없어. 때때로 현실을 돌이켜보도록 꿈 같은 시간에 찬물을 끼얹는, 일단 현실을 다시금 바라볼 기회가 되도록 뒷맛 나쁜 모습이 있는 거 아닐까?"

"……다시금 바라볼 기회라. 그럴지도."

나도 호리어 동굴을 지날 때는 정말 싫었다. 게임은 즐거움을 제공하는 동시에 때로는 불쾌함도 제공하여 현실로 되돌려 보내는 것도 일. 사람이 어떤 불쾌함이나 트라우마를 가졌을지 모르고, 어떤 것에 자극받을지는 모른다. 하지만 앞으로도 많은 사람에게 대응하는 불쾌감이 난 누군가를 현실로 되돌려 보낼지도 모른다.

그 불쾌한 기분을 바꾸기 위해서 게임에서 눈을 떼어 현실을 바라보고 현실 사회를 떠올리게 한다. 그런 의도가 들어있는 거겠지.

"그럼 미우는 마음속으로 정리했어?"

"응. 하지만 금방은 떨쳐내지 못할지도. 하지만 괜찮아. 최강 팔라딘 뮤우는 반드시 부활할 테니까. 저기…… 기다려줘."

부끄러워하는 미우의 머리에 나는 자연스럽게 손을 뻗어서 쓰다듬었다. 그러자 미우가 조금 부끄러운 듯이 미소를 돌려주었다.

그리고 ── 성대하게 꼬르륵대는 미우. 배가 내게 들릴 만큼 솔직하고 성대하게 자기주장을 하고, 미우가 정신없이 허둥거렸다.

"아, 아냐! 이건 아니니까!"

"그래, 그래. 뭐 먹고 싶은 거 있어?"

"우우…… 그럼 먹기 편한 음식."

침대 시트를 붙잡고 수치심에 귀까지 새빨갛게 물들이는 미우를 흐뭇하게 바라보았다.

"그럼 게살이랑 달걀을 넣어서 죽이라도 할까. 찌개용 게가 있었으니까, 그걸 한두 마리 쓰지."

"……고마워."

내가 미우의 방을 나선 순간 작게 들려온 한 마디에 미소를 돌려주고 방 문을 조용하게 닫았다.

걱정할 정도까진 아니지만, 시간이 필요할 것 같았다.

6장 　 물욕 센서와 옥엽대

"그렇긴 해도 역시 뮤우가 걱정이야……."

[윤, 동생 사랑이 지극하네.]

에밀리에게 내 걱정을 프렌드 통신으로 토로하자, 기막힌 눈치의 목소리가 돌아왔다.

[하지만 알았어. R 퀘스트 발견과 [소생약] 작성이란 말이지. [소생약] 쪽은 아직이지?]

"그래, 도등화의 꽃잎은 지금 타쿠가 모으고 있는데, 마지막 소재가 [생명의 물]이라는 아이템이야."

[흐응, 나는 몰라. 다른 사람에게 물어볼 수밖에 없지 않을까?]

"그래. 그렇게 할게."

[일 다 하고서 라이나랑 알에게 그 과정을 재미있게 들려줘. 그때까지 내가 돌볼 테니까.]

에밀리의 싹싹한 성격에 많이 기대는 느낌이 들지만, 여기선 일단 부탁하도록 하자.

"오늘은 이야기 들어줘서 고마워."

마지막으로 그런 인사를 하고 프렌드 통신을 끊었다.

"자, 다른 생산직인 마기 씨네한테도 물어볼까."

알면 좋겠는데, 정도의 마음으로 프렌드 통신 일람을 확인하자, 마기 씨네와 연락이 가능할 듯했다.

얼른 마기 씨에게 프렌드 통신을 연결했다.

[예. 윤 군, 왜 그래?]

"조금 물어보고 싶은 게 있거든요. 지금 괜찮나요?"

[응, 괜찮아. 그래서 무슨 이야기?]

"실은 어떤 아이템을 만들기 위한 소재를 찾고 있어요. 그 걸 클로드나 리리한테도 물어볼까 하고……."

거기까지 말하자 마기 씨가 '잠깐 기다려'라고 하더니 누 군가에게 이야기하는 기색이 전해져왔다.

[미안, 윤 군. 지금부터 광역 채팅 모드로 바꿀게. 동석하 는 클로드나 리리에게 일단 물어보는 편이 편할 거야.]

"감사합니다."

메뉴의 통화가 광역 채팅으로 바뀌고 여러 명의 목소리가 들리는 상태가 되었다.

물론 클로드와 리리는 동석한 모양이지만, 그 이외의 목소리도 들린 듯하다……가 아니라 최근 들어본 목소리 였다.

[그럼 상어의 레어 드랍을 부탁해.]

[하아, 알았다. 이쪽은 바빠. 가지고 오면 이쪽에서 조절 하지.]

목소리의 느낌을 보면 미카즈치겠지. 살짝 한숨을 내뱉은 것은 클로드다. 둘이서 무슨 이야기를 한 걸까.

[윤 군이 묻고 싶은 게 있다는 모양인데 괜찮을까?]

프렌드 통신 너머의 대화가 멈추고 마기 씨가 재촉하였다.

"어, [생명의 물]이란 생산소재를 찾고 있는데, 클로드나 리리는 몰라?"

[[생명의 물]? 나는 들어본 적 없는데.]

[나도 몰라. 그런데 윤찌는 뭘 만들려는 거야?]

"저기…… [소생약]을 부탁받아서."

[오오, 설마 했지만 [소생약]인가. 최근 소생약을 완성시켰다는 이야기가 있는데 거기에 촉발된 거야?]

놀라는 기색도 없이 가볍게 받아들이는 마기 씨에게 속내를 들킨 기분이 들었지만, 그대로 이야기를 이어갔다.

"아뇨, 타쿠한테 부탁받았어요. 타쿠는 [도등화의 꽃잎]을 모으고 있고, 다른 소재 쪽을 내가 조사하고 있어요."

마기 씨의 의문에 대답하자, 이해한 느낌의 혼잣말이 들렸다.

[그래. 하지만 나도 몰라. 어떤 아이템이고 어떤 생산소재를 쓰는지 모르지만, 물이라면 금속의 냉각수로 쓸 수 있을지도.]

[내 경우라면 실을 꼬는 단계에서 쓰겠군.]

[나라면 지팡이 표면에 바르는 니스를 녹일 때 쓸 수 있을지도.]

생산직 플레이어들이 각자 물을 사용하는 장면을 상상한다는 게 쉽게 이해되었다. 나도 포션 등을 작성할 때 증류수 대용으로 쓰면 효과가 오르지 않을까 몰래 기대한다.

[여어, 아가씨. 못 찾겠으면 이리로 와서 술안주라도 만들

어주겠어?]

"그러니까 누가 아가씨야! 나는…….."

항상 그렇듯이 나는 남자라는 말을 하려고 했지만, 그걸 가로막듯이 여태까지 없었던 목소리가 들렸다.

[저기, 윤? 나 짚이는 데가 있을지도.]

"그 목소리는 세이 누나?! 왜?!"

왜?! 라는 말은, 왜 아는 걸까, 그리고 왜 여기에 있는 걸까 하는 두 가지 의미를 포함했지만, 세이 누나는 전자로 받아들인 듯했다.

[타쿠 군한테 레이드 퀘스트 이야기는 들었어. 몇몇 파티나 지인들에게 프렌드 통신으로 참가를 물어보았는데, 정보는 안 퍼졌을 거야.]

세이 누나의 그런 말에 헤어질 때 타쿠가 했던 말을 떠올렸다.

"아, 그러고 보면 그런 말을 했지."

[그래. 윤한테 정보에 대한 사례를 하고 싶으니까 공짜로 가르쳐줄게. 입수 장소는 ──]

도중에 세이 누나의 목소리가 끊어지고, 뭔가 티격태격하는 느낌이 들려왔다.

"세이 누나?"

나는 걱정스러워서 말을 붙였지만, 대신 대답한 것은 미카즈치였다.

[우리 파티에 들어와서 던전에 모험하러 안 갈래, 아가

씨?]

"던전?"

[레이드 퀘스트 발견자는 아가씨와 타쿠니까. 아가씨가 원하는 [생명의 물]을 채취할 수 있는 장소까지 데리고 가주지.]

그건 기쁜 말이라고 생각하면서도 미카즈치가 여전히 날 아가씨라고 불러대는 게 마음에 안 들었다.

"그 아가씨라는 호칭 좀 그만둬. 그리고 세이 누나는 ——"

도중에 말이 끊겼으니까 걱정스러웠는데, 곧 대답이 돌아왔다.

[괜찮아! 윤, 괜찮으니까!]

허둥대는 건지 당황한 목소리라서 저쪽에서 트러블이라도 있었나? 싶었는데, 마기 씨나 클로드, 리리가 떠드는 모습도 없어서 고개만 갸웃거릴 뿐이었다.

뭐, 좋아. 그런 마음에 이야기를 던전에 갈 동행자 쪽으로 돌렸다.

세이 누나와 미카즈치를 따라서 던전에 가면 찾던 [생명의 물]의 채취 포인트를 알 수 있다. 또 파티로 전투하면 레벨업도 된다. 하지만 ——

"그래서 미카즈치의 본심은?"

[미궁마을의 지하 동굴 던전에 원하는 추가효과를 가진 강화소재가 있어. 그걸 가지러 가려는데 윤 아가씨도 파티에 들어와 줄 수 있을까?]

"그러니까 아가씨라고 하지 말라고."

아마 프렌드 통신 너머에서 소리 죽여 큭큭 웃고 있을 미카즈치의 모습이 상상이 되었다.

"뭐, 그건 그렇다고 해도, 난 도움이 안 돼."

[괜찮아. 세이한테 들었어. 자기한테 없는 걸 가지고 있다는 이야기를.]

그런가? 세이 누나는 강하고 미인이다. 게다가 [팔백만]의 부길마라는 입장이기도 하다. 나와 비교할 것도 없는 상위 플레이어다.

세이 누나한테 없고 나한테 있는 거라니, 그런 건 흔해빠진 위안의 말과 마찬가지라고 판단하고 진지하게 받아들이지 않았다.

"뭐, 좋아. 그래서 집합시간은 언제야?"

[그렇군. 전원의 예정은…… 오늘 밤은 어때?]

"알았어. 그럼 그때까지 준비해둬."

마기 씨네와의 광역 채팅을 끊고, 던전 공략 준비를 시작했다. 그러고 보면 세이 누나네가 공략하는 지하 동굴 던전에 대해선 자세히 모르니까 범용 아이템을 중심으로 준비해가기로 했다.

회복용 하이포션과 MP 포션을 다수. 그리고 인챈트 스톤과 매직 젬. 시간이 허락하는 한 에밀리와 함께 채취한 원석을 연마해서 〈스킬 인챈트〉를 하였다.

또 MP를 소비해서 아이템을 조합하는 [합성]으로는 강철 화살과 각종 상태이상약을 써서 독화살을 준비했다. 이 바람에 또 상태이상약이 떨어졌기 때문에 밭의 재배를 독초 중심으로 되돌려야겠다 싶어서 살짝 한숨을 내쉬었다.

혼자 조용히 작업하고 있으면 많은 것을 잊어버리고 몰두할 수 있지만, 문득 생각해 보니 뮤우가 걱정되었다.

"이런 기분이면 안 되지. 좋아, 해볼까!"

다시금 스스로의 뺨을 때리고 기합을 넣었다.

시간도 적당히 되었기 때문에 [아트리엘]의 미니 포털을 통해 미궁마을의 포털로 전이했다.

약속장소는 던전마을의 던전 입구였고, 그럭저럭 되는 중견 플레이어 이상이 드나드는 장소다.

"여어, 아가씨. 이쪽이야, 이쪽!"

"창피하니까 아가씨란 말 하지 마!"

미카즈치가 내 모습을 보고 손을 흔들었지만, 지금은 몸을 숨긴 상태니까 되도록 사람들의 시선을 모으고 싶지 않다. 후드를 깊게 눌러쓰고 고개 숙였기 때문에 이쪽을 돌아본 플레이어는 '누구?' 란 느낌으로 고개만 갸웃거렸다.

"미카즈치. 윤이 난처해하니까 그만해. 그럼 파티를 짜고 가자."

미카즈치에게서 파티 신청을 받아서 파티에 들어갔다.

파티 멤버는 길드 [팔백만]에서 미카즈치와 세이 누나, 그리고 마기 씨, 리리, 클로드라는 생산직들이었다.

보기 드문 조합에 나는 고개를 갸웃거리면서도 인적 없는 던전 안에 들어갈 때까지 질문을 삼갔다.

세이 누나의 안내를 따라 돌문을 지나자 풍경이 일변했다.

대단히 조용하고 멀리서 물 흐르는 소리가 들렸다. 동굴형 던전이지만, 천정이나 통로는 그렇게 좁지 않았다. 오히려 천장은 높고 통로도 널찍하게 만들어졌다.

벽의 푸르스름한 빛은 차갑고 예리하기보다는 느긋하고 부드러운 빛을 띠었다.

"으음, 최근 윤 군이 모습을 감춰서 누나가 쓸쓸했어."

"어어, 저기……. 마기 씨, 죄송합니다."

동굴 광경에 감동하는 내게 마기 씨가 미소를 띤 채로 말을 걸어왔다. 멍하니 있었기 때문에 반응이 늦었던 나는 반사적으로 사과하였다.

"윤 군은 그런 말 안 해도 돼!"

"우와?! 마기 씨?!"

"나도 윤찌한테 달라붙어야지!"

"어이, 리리!"

내가 놀란 표정을 하자 갑자기 마기 씨가 정면에서 안겨들었다. 내가 황급히 말하자, 거기에 편승해서 리리도 허리춤에 달라붙었다.

"아니, 창피하니까요! 세이 누나도 보고 있으니까요."

"하지만! 윤 군이란 위안이 없으니까 클로드하고만 있다가 숨이 막힐 것 같아! 생산 길드의 길드 마스터는 재미없어!"

동굴에 울릴 정도인 마기 씨의 푸념에 뭐라고 말해야 좋을지 몰라서 가볍게 등을 툭툭 두들겨서 진정시켰다.

그리고 리리는 마기 씨보다 먼저 만족했는지 금방 내게서 떨어졌다.

"미안, 윤 군."

"아뇨, 그건 괜찮은데요……."

정면에서 안겨서 가슴이 닿았다는 건 마음에 담아두자.

그리고 돌아보니 뺨에 손을 대고 미소 짓는 세이 누나와 히죽히죽 웃음을 띤 미카즈치. 마지막으로 두 손을 벌리고 자기한테도 오라는 시늉을 하는 클로드. 그 얼굴에 주먹을 한 대 날리고 싶은 충동을 누르며 무시했다.

"그, 그리고 보면 왜 마기 씨네도 같이 있나요?"

"우리는 레이드 퀘스트 공략에 대한 상담, 그리고 리리가 기획한 이벤트를 위한 아이템 수집일까."

전에 [제충향]을 사용하는 이벤트를 기획했던 이야기를 떠올리고 이해했다.

"레이드 보스는 영체니까 [은광석]이 필요하잖아? 여기서 조금이라도 모아두고 세이 씨의 무기 강화 소재를 입수한다든가, 뭐, 여러 이유."

마기 씨의 설명에 이해하자, '물론 윤 군이 찾는 [생명의 물]의 채취 포인트를 아는 것도 목적' 이란 말과 함께 윙크가 돌아왔다.

"보스까지 간다면 몇 층까지 내려가나요?"

"던전은 전부 다 해서 5층까지야."

세이 누나가 이 던전에 대해 제일 잘 아는지 마기 씨에게서 설명을 이어받았다.

던전은 총 5층으로, 제일 밑에 보스 몹이 있고, 거기까지 가는 길에는 단축 코스가 존재하지 않는다.

다만 1층과 2층의 적 몹은 비선공이기 때문에 무시하고 지나갈 수 있고, 5층은 보스가 있는 방과 휴식 에어리어뿐이라서 실질적으로는 3층에서 4층까지가 문제다.

"하지만 이 던전이라면 구석구석 탐색했으니까 안심해."

"구석구석까지 탐색했는데 보스 드랍의 강화 소재가 필요하다면, 또 새로운 지팡이가 필요해?"

로브를 잡아당기며 가슴을 펴는 세이 누나에게 그렇게 말을 건네자, 세이 누나의 미소가 왠지 모르게 굳었다.

"왜 그래, 세이 누나?"

"아무것도 아냐."

다소 이상한 눈치인 세이 누나를 보며 고개를 갸웃거리자, 미카즈치가 눈썹을 늘어뜨리며 미묘한 표정을 하였다.

"세이한테는 세이의 사정이 있어."

"하아……."

그런 걸까? 왠지 딱 와 닿지 않는데, 세이 누나와 미카즈치가 안내하겠다면서 선두에 섰다.

"서두를 것도 아니니까 느긋하게 가자. 던전이라고 하면 보물. 꿈과 희망이 든 랜덤 보물상자가 가끔 출현해."

""헤에~.""

나와 리리가 세이 누나의 설명에 감탄하면서 소리 내었다.

"1층은 아래로 내려가는 계단까지 일직선이고, 거기에는 보물상자가 출현하지 않지만 샛길에는 랜덤으로 나와. 그러니까 눈을 부릅뜨고 보면 보물상자가 샛길에서 슬쩍 보이기도 해."

"윤찌! 저기!"

"저쪽 샛길. 빛이 안 닿는 곳에도 있네."

"하지만 보물상자 중 95퍼센트 정도는 미묘한 장비뿐이니까, NPC 점원에게 팔아서 전자의 바다로 사라지는 게 보통이야. 나는 저번에 [마력의 해머]라는 미묘한 아이템을 발견했어."

세이 누나의 설명을 들으면서 샛길의 보물상자를 열러 가는 나와 리리.

"윤찌, 같이 열자."

"그래, 그럼 하나, 둘 ——"

""—— 셋!""

리리에게 이끌려서 나잇값도 못 한다는 느낌이 드는 것도 무시하고 아이템을 확인했다.

멸풍의 반지 [장비품]

DEF +4 추가효과 : 대신하기 (바람)

"윤찌는 뭐가 나왔어? 나는 [힘의 나이프]라는 아이템이 나왔어."

"나는 [멸풍의 반지]야. 추가효과의 [대신하기]란 건 뭐지? [대신하는 보옥의 반지]랑 비슷한가? 저기, 세이 누나……."

보물상자에서는 [대신하기]라는 추가효과의 액세서리와 약간의 돈, 은이나 철광석 등의 생산소재, 그리고 기본 효과의 포션 등이 들어있었다.

그 가치를 세이 누나에게 물어보려고 했지만, 무릎을 껴안고 그 자리에 웅크려 앉아있었다.

"어어……."

"아가씨가 뽑은 건 확률 5퍼센트의 약간 레어한 장비야. 액세서리의 내구도를 소비하여 플레이어에게 오는 속성 대미지를 감소해주지. 내구도가 없어지면 자동 파괴되는 장비지만, 복수 장비에 따른 효과 중첩과 던전 한정 장비의 추가효과니까 결과적으로는 잘 뽑았어. 리리 쪽은 꽝이야."

"그렇구나. 잘됐네, 윤찌."

미카즈치의 설명에 '헤에~, 그렇구나~' 라고 생각하면서 [대신하는 보옥의 반지]의 하위 호환이라고 인식했다. [대신하는 보옥의 반지]는 거기에 박힌 보석을 교체하면 몇 번이든 그 효과를 발휘하고 반지 자체는 유니크 아이템이라 깨지지 않는다. 하지만 성질이 까다로워서 항상 쓸 수 있는 것도 아니니까 그건 일장일단이라고 봐야겠지.

"나는 필요 없으니까 리리가 가져갈래?"

"어? 괜찮아?"

"괜찮아. 나한테는 [대신하는 보옥의 반지]가 있으니까. 대신 그쪽 광석이랑 교환할까?"

"그것뿐이면 미안하니까 다음에 한 번 장비를 공짜로 메인터넌스해줄게."

"그럼 그걸로."

리리와 트레이드에 합의하고 나는 [멸풍의 반지]를 리리에게 건넸다.

사실은 나도 가름팬텀과 싸우기 위해 은광석이 필요하기 때문에 은광석이 기쁘기도 했다.

"저기. 세이."

"그래. 윤은 항상 이러니까."

"으음, 자각 없는 건 무섭군."

세이 누나와 미카즈치가 무슨 이야기를 하는데 아무래도 내 이야기인 것 같았다.

"내가 뭐?"

"아니, 아무것도 아냐. 계속 가자."

세이 누나의 재촉에 나는 오늘 몇 번째인지 모르지만 또 고개를 갸웃거렸다. 세이 누나의 분위기가 조금 이상한 듯했다.

우리는 그대로 2층으로 내려가서 가벼운 전투를 거쳐 연대 확인이나 레벨업을 하며 최하층으로 향했다.

●

"크로찌, 저쪽에도 있어. [검은빛의 스피어]가."

"알고 있다. 지금 이쪽을 회수하고 있다."

클로드와 리리는 3층 도중에 있는 작은 방에 들어가서 그 방구석에 여러 개가 뭉텅이로 떨어져있던 검고 둥근 돌을 주웠다.

리리가 기획한 이벤트에 쓰려는지 흥분한 기색으로 모으는 두 사람을 바라보면서 나와 새끼들은 휴식을 취하고 있었다

"완전히 하늘을 나는 물고기들의 수족관이군."

내가 멍하니 중얼거린 것은 2층의 풍경을 떠올리면서 흘린 말이었다.

널찍한 공간을 자유롭게 헤엄쳐 다니는 물고기 모양의 몹들. 지면에 얕게 깔린 깨끗한 물이 바닥의 푸르스름한 광원과 맞물려서 천장이나 벽에 수면의 그림자를 만들었다.

천장을 올려다보면 수중에서밖에 볼 수 없을 만한 물고기들의 움직임을 볼 수 있어서, 평소에는 볼 수 없는 각도에서 관찰 가능했다.

그 감상이 방금 혼잣말에 담겨있었다.

하늘을 나는 물고기의 수족관. 공격하면 당연히 반격하는 몹들이지만 구경하기에는 편한 던전이라서 나는 남몰래 만족하였다.

그리고 몹이 선공형으로 바뀌는 3층에서 이렇게 휴식할 수 있는 것은 세이 누나와 미카즈치가 솔선해서 적을 사냥했기 때문이다.

입구가 두 개인 방에서 각각의 입구로 침입하는 적을 각자가 담당하였다.

"——〈아쿠아 배럿〉."

세이 누나가 지팡이를 쳐들며 수십 개의 물구슬을 만들어 내어, 공격해오는 몹 무리를 물탄환의 탄막으로 단숨에 짓눌렀다. 그 외에도 마이너스 30도의 얼음 마법으로 원거리에서 순간 동결된 물고기들이 일방적으로 사라졌다.

"——〈다단격〉."

미카즈치는 쳐든 봉의 끝이 흔들려 보일 정도의 날카로운 찌르기를 날렸다. 몹의 몸을 때리는 소리가 순간적으로 여러 차례 울렸다.

"으음. 인챈트 강화는 좋아. 평소에는 8할 정도 깎는 데 윤의 지원이 있으면 한 방이네."

"이쪽은 원래 일격에 쓰러뜨리지만, SPEED 강화는 나쁘지 않아."

"아니, 인챈트 없이도 충분하잖아."

세이 누나에게는 인텔리전스 인챈트를. 미카즈치에게는 스피드 인챈트를 걸고 안전지대를 확보해달라고 했는데, 그동안의 전투는 압권이라는 말로 끝났다.

애초에 인챈트 없이도 8할이라고 하는데, 수 속성의 내성을 적잖게 가진 몹이 출현하는 던전이라서 그 정도의 일격을 집단에게 먹이는 세이 누나의 마법 공격력은 대단히 높다.

"세이찌, 미카즈치찌. 우리 회수는 끝났으니까 다음 가자!"

"그럼 4층이군. 뭐, 여태까지처럼 아름다운 몹은 없지만, 운이 좋으면 그 녀석이 나와."

"운이 좋으면?"

"그게 미카즈치의 목적이야. 4층에는 [생명의 물]이나 [은광석]이 나오는 채굴 포인트가 있는데, 적 몹이 한층 강해져."

세이 누나의 안내에 따라 아래층으로 이어지는 계단으로 향했다.

그동안 리리와 클로드가 모아온 [검은빛의 스피어]라는 아이템에 대해 자세히 물어보려고 했는데, 귀엽게 '비밀'이라고 말하는 리리에게 억지로 캐묻는 것도 그렇다 싶어서 체념했다. 이벤트 당일을 기대해볼까.

그리고 4층으로 내려가서 제일 먼저 만난 몹 때문에 하늘을 나는 수족관이라는 인상은 단숨에 박살 난 기분이었다.

"어인 고도리인이라니, 현실이었으면 못 봐줄 꼴인데."

"응, 그래. 그렇기는 해도 세이 씨는 무자비하네."

내 혼잣말에 마기 씨가 동의했다.

고도리인은 물고기 몸에 가슴지느러미나 등지느러미가 진화하여 팔다리 같은 모습이 된 어인이다. 그 손에는 삼지창이나 나이프를 들었고, 허리에는 넝마를 감고 있었다.

번득거리는 눈으로 이쪽을 노려보더니 덤벼들었지만 ──

"── 〈스팀 필러〉."

패닉 영화에 나올 만한 모습의 고도리인을 세이 누나는 100도를 넘어서 존재하는 초고압 고온의 스팀을 내뿜어서 태워버렸다. 불을 쓰지 않는 스팀 쿠킹이지만, 어인의 탁한 단말마가 울렸다.

여태까지처럼 인챈트를 걸어도 단방에 쓰러뜨릴 수 없기 때문에 나도 원호 삼아서 퇴로를 막기 위한 〈클레이 실드〉를 만들었기에 겉보기로는 완전히 증기 통구이였다.

여태까지 던전 안에서 쓰러뜨린 적은 다들 덩치가 큰 어패류이기 때문에 저항감은 없어서, 나는 식재료의 보고라며 기뻐했다.

하지만 고도리인이 드랍한 식재료를 상상하니 식욕이 조금 도망갔다. 생긴 게 저러니까.

"괜찮아, 윤. 고도리인의 드랍은 무기나 방어구 같은 금속 장비가 메인이니까."

"그런가. 그럼 다행이야. 아니, 세이 누나, 내가 뭐라고 했어?"

"내가 윤의 누나로 몇 년 있었는데? 얼굴을 보면 대충 알아."

그렇게 말하며 미소 짓는 세이 누나에게 나는 '말로는 안 했구나' 싶어서 한숨이 새어 나올 뻔했지만, 미카즈치의 다음 말에 기죽었다.

"고도리인은 말이지. 하지만 고도리인의 레어 몹은 달라."

"설마 그쪽이 식재료?"

"미카즈치도 참. 그걸 잘 안 나오잖아."

세이 누나가 미카즈치의 말을 나무라려고 했지만, 리리를 시작으로 마기 씨, 클로드, 그리고 나도 귀를 기울였다. 전원이 생산직이지만 [요리] 센스를 메인으로 하지 않기 때문에 뜸 들이는 말에 대단히 관심이 갔다.

"고도리인의 레어몹 고등어인은 보통 고도리인보다 두 배 강하고 ——"

미카즈치가 잠시 뜸을 들였다. 고도리인의 두 배라고 생각하면 꽤나 강하게 느껴졌다. 고도리인과 일대일이라면 여러 아이템을 쓸 수 있어서 여유를 가지고 이기겠지만, 두 배로 강한 고등어인이라면 아슬아슬하겠지.

"—— 그리고 그 맛은 세 배! 드랍은 [고도리인의 고등어 통조림]이다."

"거기서 가공품?!"

"이 고등어 통조림이 맛있어. 술이나 밥이랑 같이 먹으면 팍팍 들어가지."

아니, 그건 아무래도 좋다.

"아, 그러고 보면 들은 적이 있어. 분명히 무슨 통조림을 먹으면 일시적으로 HP와 MP의 상한이 올라가는 효과가 있다고."

마기 씨가 막 떠오른 것을 말하자, 세이 누나가 그걸 긍정했다.

"맛은 둘째 치더라도 스테이터스 상승 계열 요리는 역시 매력적이니까."

HP와 MP 상한에 모두 대응하는 식재료는 아직 보지 못했기에 그런 것도 있어서 레어하다.

"하지만 고등어인을 발견했다고 해도 드랍률은 반반이야. 고도리인의 레어 은장비나 통조림이지."

"그러니까 그리 쉽게 안 나온다니까."

미카즈치를 나무라는 세이 누나. 아직 4층의 목적은 끝나지 않았는데 고등어인을 찾아다닐 수도 없다.

"그럼 두 패로 나눌까? 분명히 마기는 [은광석], 윤에게는 [생명의 물]의 채취 포인트를 가르쳐줘야지."

"그거라면 내가 마기 아가씨를 데리고 이 층을 돌지. 그리고 한 명 더 따라와."

"그렇다면 내가 가지. 나는 마법사니까. 전위 두 명에 후위 한 명이면 밸런스 좋겠지."

클로드가 나섰기에, [생명의 물] 회수에는 나, 리리, 그리고 길 안내로 세이 누나가 남았다. 다만 리리도 나도 전위라고는 해도 척후에 가깝기 때문에 밸런스가 다소 안 좋다고 생각되지만 세이 누나가 있으니까 괜찮겠지.

"세이! 고등어인을 찾으면 꼭 쓰러뜨려."

미카즈치가 마지막에 그렇게 당부를 하고 두 패로 나뉘었다.

따로따로 전투했을 경우, 근처에 없는 플레이어에게는 드랍템이 들어가지 않는다. 뭐, 그보다도 찾을 수 있을지가 문제겠지만.

"그럼 우리도 가자."

미카즈치를 전송한 뒤 우리도 세이 누나의 안내에 따라 안쪽으로 들어갔다.

이따금 조우하는 고도리인 몇 마리는 세이 누나가 선제공격으로 쓰러뜨리고, 숫자가 줄어들었을 때 나와 리리가 전투 훈련으로 상대하였다. 접근할 때까지 화살로 슬금슬금 대미지를 쌓고, 다가오면 식칼로 바꾸어서 리리와 함께 희롱하듯이 교대로 공격한다.

나는 〈식재료의 소양〉으로 급소를 노린 통상 공격 주체로 싸우고, 리리는 어그로 관리를 하면서 고도리인의 공격을 회피하고 끌어들여서 아츠로 대미지를 주었다.

단검도 식칼과 같은 타입의 무기라서 전법은 히트 앤 어웨이다. 다만 그래도 몇 번 공격을 당했고, 그때는 세이 누나의 회복마법으로 즉각 HP를 가득 채워서 전투를 속행했다.

그런 전투를 반복하면서 던전 끝에 도달하자, 벽에 작은 균열이 있고 제일 밑에서 똑똑 물이 방울져 내렸다.

"여기가 거기야, 세이 누나?"

"그래. [생명의 물]의 채취 포인트."

"윤찌, 얼른 긷자. 마기찌랑 크로찌의 몫도 모아야지."

"그래."

리리의 말에 동의하고 물을 길을 커다란 보존용기를 꺼내어, 용기에 [생명의 물]을 담았다.

생명의 물 [소재]
지맥의 힘이 담긴, 활력을 주는 물

간단한 설명문에서 [생명의 물]임을 확인하고 용기에 가득 담았다. [생명의 물]이 없어져도 틈새에서 스며 나오는 물이 받침대처럼 파인 채취 포인트에 고였다.

"세이 누나, 이걸로 소생약을 만들 준비가 다 되었어. 고마워."

"감사해주는 건 좋지만, 윤한테는 여기 보스전을 기대하고 있으니까."

"뭘 기대하는 건지 모르겠지만, 할 수 있는 일은 할게."

세이 누나에게 대답하는 동안에 리리는 한발 앞을 걸어가서 골목 저편을 엿보다가 멈추었다.

손짓으로 멈추라는 신호를 보내는 걸 보면 몹이 있는 모양이다.

"윤찌. 적 확인 부탁해."

"오케이."

리리는 통로 저편을 확인하고 있었지만, [간파]나 [매의 눈]처럼 확인할 센스가 없기 때문에 내가 대신 상대의 정보를 캤다.

우리가 지나왔던 길에 순찰을 돌기 위해 나타난 고도리인이 세 마리. 그중에 스마트한 덩치가 하나 섞여 있었다. 등은 검푸르고 은색으로 빛나는 아름다운 몸이 동굴의 푸르스름한 빛에 아름다운 마린블루빛을 띠었다. 또한 몸 곳곳을 덮은 은색 부위에 갑옷을 두른 고도리인.

생선 주제에 여태까지의 고도리인보다 훨씬 세련된 모델링이었다. 같은 고도리인이라고 얕볼 수 없다.

"멋진 고도리인이 섞여 있어."

"우와아……. 진짜로 마주치다니."

"좋아. 도망치기 전에 해치우자."

리리의 목소리에 놀라면서도 곧 정신을 차린 세이 누나는 표정을 다잡으며 고도리인을 노려보았다.

"그럼 내가 보통 고도리인을 선제공격으로 쓰러뜨릴게. 그 뒤는 윤이랑 리리가 고등어인의 다리를 묶으며 공격. 내 마법 준비가 끝나는 대로 대피하고 섬멸하는 거면 될까?"

진지한 표정의 세이 누나에게 고개를 끄덕인 뒤, 우리는 순찰 도는 고도리인들이 등을 돌릴 때까지 타이밍을 재었다.

그리고——

"——〈스팀 필러〉!"

적이 이쪽을 발견하지 못한 채 멀어지기 시작할 때, 내 인챈트로 강화된 세이 누나의 〈스팀 필러〉가 지면을 훑듯이 고도리인을 덮쳐서 구웠다. 모든 개체를 휘감은 공격은 십여 초 동안 이어지고, 고도리인은 차례로 수증기의 기둥 속에서 쓰러졌다.

그런 가운데 고등어인만 세이 누나의 초화력의 마법을 견뎌내고 수증기의 기둥을 빠져나와 돌격하였다.

"윤찌, 가자!"

"알고 있어! 〈커스드〉 —— 디펜스, 스피드!"

고등어인에게 커스드를 걸었지만, 방어만 내려가고 속도 커스드는 저항에 가로막혔다.

하지만 개의치 않고 접근하는 동안에 계속 화살을 날려 대미지를 주었다.

리리도 무기인 단검 외에도 투척나이프를 두 손의 손가락 사이에 끼워서 던졌다. 둘 다 생산직에게 중요한 손재주를 뜻하는 DEX가 높기에 좀처럼 빗나가는 일 없이 물리탄막을 펼쳤지만, 고등어인은 삼지창을 교묘히 다루어 그것들을 튕겨내고 막았다.

한꺼번에 날아가는 복수의 화살과 투척나이프는 리리와 타이밍을 맞추어 밀도를 높여도 기껏해야 한둘 정도밖에 꽂히지 않았다.

그래도 타깃은 세이 누나에게서 우리로 바뀌었고, 이 이상 접근시키지 않기 위해서 나는 무기를 식칼로 바꾸고 리리와 함께 앞으로 나섰다.

"키이이이잇!"

"리리, 공격에 맞지 마!"

"윤찌도!"

지금 세이 누나가 마법을 준비하기 때문에 회복마법 지원은 없다. 그렇기 때문에 치명상을 피하며 적을 붙들어둬야만 한다.

리리와 교대로 적의 앞에서 움직이고, 때로는 공격을 가했다. 던전에 들어올 무렵보다도 훨씬 움직임이 좋아졌지만, 고도리인의 두 배로 강하다는 고등어인은 우리에게 접근을 허용하지 않으면 날카로운 창부림을 보였다.

"?!"

"윤찌!"

"괜찮아."

낮게 지면을 쓸 듯이 휘둘러서 쳐올린 창의 일격이 겨드랑이 쪽을 따라 어깨를 노렸다. 그 일격은 최대 HP의 3할을 깎았고, 쳐올린 창을 거둬들인 고등어인이 찌르기 자세를 취했다. 나는 크게 뒤로 물러나듯이 회피하고 하이포션을 꺼내어 회복했다.

지금 추격타를 맞으면 단시간에 HP의 절반을 잃고 [기절] 상태이상에 빠질 가능성도 있었다. 꽤나 아슬아슬했다고 생각하니 등에 식은땀이 흘렀어.

"준비 다 됐어. —— 〈다이아몬드 더스트〉!"

세이 누나의 신호에 따라 대피하는 나와 리리. 그리고 극도로 미세한 얼음 입자가 공기 중에 떠돌며 고등어인의 손발 끝부터 얼렸다. 고등어인은 얼음을 뿌리치려고 창을 마구잡이로 휘둘렀지만, 얼음의 침식은 멈추지 않아서 결국에는 고등어인 얼음상이 만들어지고 거기에 균열이 생기며 깨졌다.

"수고했어. 어땠어?"

"힘들어. 강하잖아. 그리고 내 본래 전투법이 아냐."

불평처럼 투덜거리며 한숨을 내쉬었다.

"그럼 고등어인의 드랍을 확인할까. 은장비라면 부숴서 주괴로 만들면 언데드 대책의 소재가 되고."

"윤찌, 윤찌. 조사할 거면 클로찌 쪽이랑 합류한 뒤에 하자. 모두의 앞에서 성과를 발표하는 거야."

리리의 제안에 그것도 나쁘지 않다고 생각하자, 세이 누나가 미카즈치와의 프렌드 통신으로 합류지점을 정하여 이동을 시작했다.

올 때는 전투로 레벨업을 병행했기 때문에 느릿느릿 이동했지만, 합류를 위해 계단 앞으로 이동하는 건 금방이었다. 이동이 빨라진 이유는 조우한 고도리인들을 세이 누나가 단방에 섬멸했기 때문에.

"세이 누나. 고도리인들하고 싸울 때는 힘을 뺀 거였어?"

"힘을 뺐다기보다는 두 사람에게 전투경험을 쌓게 하려고 일부러 마법 발동을 늦췄으니까."

그렇게 말하며 난처한 듯이 미소를 짓는 세이 누나를 나도 리리도 웃으며 용서했다.

우리를 생각해서 그런 것이다. 일부러 입 다물었더라도 화낼 수 없다.

"아! 윤 군, 리리. 그리고 세이 씨. 어서 와요."

"마기찌, 마기찌! 오는 길에 고등어인을 발견해서 해치웠어!"

"정말이야?! 그래서 결과는!"

드랍템에 대해 묻는 미카즈치에게 쓴웃음을 짓는 세이 누나. 그리고 리리의 신호에 맞춰서 여태까지 보지 않았던 드랍템을 확인했다.

"하나~ 둘! ――"

자기 메뉴를 열 때까지 눈을 빛냈던 리리는 드랍 아이템을 확인하더니 추욱 어깨를 늘어뜨렸다.

"미안, 미카즈치찌. [은의 어깨바대]였어."

기운 없이 에헤헤 웃는 리리.

"뭐, 확률은 반반이니까 신경 쓸 것 없잖아? 아, 통조림이다."

솔직히 나도 고등어조림 정도는 만들 수 있으니까 음식은 필요 없다. 그렇게 생각했을 때 옆을 걷던 세이 누나가 무릎을 꿇고 부들부들 어깨를 떨었다.

"윤, 너무해~. 왜 그렇게 레어 아이템을 아무렇지 않게 먹는 거야……."

"어어…… 세이 누나?"

멀리 있는 대학으로 진학했기 때문에 볼 일이 줄어든 세

이 누나의 풀 죽은 모습. 미카즈치가 이마에 손을 대며 뭐라고 중얼거렸다.

"왜 윤을 부른 거야, 미카즈치는……. 윤에게 [생명의 물]의 입수 장소를 가르쳐주기만 하면 됐잖아."

"하지만 생각대로 아가씨는 **가지고 있잖아.**"

이런 세이 누나의 모습에 허둥대는 미카즈치. 세이 누나는 든든한 미인 누나지만, 이렇게 응석 부리거나 풀죽거나 하기도 한다. 그게 귀엽기도 하지만, 그건 넘어가더라도 ──

"미카즈치 ── 던전 보스 이외에도 무슨 목적 있었던 것 아냐?"

내가 날카로운 눈으로 미카즈치를 노려보자, 허둥대는 모습에 더욱 동요가 겹쳤다.

뭔가 변명 같은 소리를 했지만, 그걸 무시하고 정면에서 날카롭게 계속 바라보자 체념한 듯이 고개를 수그렸다.

"알았으니까 그런 눈으로 보지 마. 세이가 말했잖아. 아가씨는 운이 좋다고."

기쁜 눈치로 보스 드랍의 새 지팡이를 닦으면서 나를 자랑하는 세이 누나에 대해 말하는 미카즈치. 세이 누나는 다른 장소를 가르쳐줄 생각이었는데, 내 드랍운을 믿고 미카즈치가 억지로 던전 파티 멤버로 넣었다는 모양이다.

"몇 번이나 레어 드랍을 노리며 전투하는 건 힘들잖아. 게다가 세이는 곧잘 걸리거든."

"걸리다니, 뭐에?"

어조에 살짝 짜증을 섞어서 미카즈치에게 묻자, 왠지 귀에 선 단어가 돌아왔다.

"물욕 센서에 걸려."

물욕 센서란 그 아이템을 원하는 마음이 너무 강해서 오히려 멀어진다는 오컬트 현상인데, 확률의 편중은 분명히 존재해서 거기에 걸리는 사람도 많다.

"거기에 세이 누나가 잘 걸린다고? 세이 누나의 운이 나빠?"

"운이 나쁜 건 아냐. 다만 세이 본인이 탐내는 아이템은 좀처럼 떨어지질 않으니까. 이번 보스의 강화소재는 세이를 위한 것이니까 이번에도 분명 그렇지 않을까 싶어서……."

"그래서 날 끌어들였다고?"

"정확하게는 클로드네를 끌어들여서 드랍템이 떨어지는 횟수를 늘리고 싶었어."

둘이서 보스를 쓰러뜨려서 아이템 두 개를 먹는 것보다는 여섯 명이서 쓰러뜨려서 여섯 개를 먹는 편이, 그중에 레어 드랍이 섞여 있을 가능성이 크다.

"세이 본인이 안 쓰는 레어 아이템 같은 것도 있으니까 그거랑 트레이드하자는 계산이지."

나는 세이 누나를 위로하면서 미카즈치의 이야기를 들었다. 풀 죽은 세이 누나는 대충 회복되었지만, 이 뒤에 곧바로 보스랑 싸우는 것도 아니라고 판단하고 5층의 보스 바로

앞의 휴식공간에서 잠시 쉬기로 했다.

"그래서 아가씨. [고도리인의 고등어 통조림]을 나랑
___"

"그런 이야기를 듣고 줄 리가 없잖아. 참나……."

미카즈치를 무시하고 세이 누나를 위로할 방법을 생각했
다. 실컷 어리광을 부리든지 해서 기분이 풀어지면 좋겠다.
혼자 풀 죽은 미카즈치 따위 모른다.

"미안. 마기 씨, 클로드, 리리. 세이 누나를 위로하는 것
좀 도와주겠어?"

"괜찮은데 뭘 하게?"

고개를 갸웃거리는 마기 씨. 딱히 거부하는 기색은 아니
지만, 내가 설명하여 승낙을 받아냈다. 마지막에 클로드만
따로 불러서 이런 게 가능하겠냐고 의논하여 실행하기로
했다.

●

"아아, 마음이 푸근해져~."

아직도 5층의 보스 직전의 휴식 공간.

거기에는 던전과 어울리지 않는 자그만 동물들이 세이 누
나의 주위에 모여 있었다.

마기 씨의 파트너인 새끼 늑대 리쿠르, 클로드의 파트너
인 새끼 고양이 쿠츠시타, 리리의 파트너인 새끼 새 네시아

스, 그리고 내 파트너인 뤼이와 자쿠로, 각각을 쓰다듬고 가슴 앞에 품거나 하면서 풀어진 표정을 하는 세이 누나.

세이 누나의 눈가에 작은 눈물이 보여서 자기 물욕 센서에 올리고 했구나 싶었다.

"세이 누나, 진정됐어?"

"응. 윤, 미안."

"그럼 보스한테 갈까."

세이 누나는 가슴에 품었던 리쿠르와 쿠츠시타를 지면에 내려놓고 머리를 쓰다듬었다.

그 손길이 기분 좋은지 눈을 가느다랗게 뜬 리쿠르와 몇 번 짖으면서 응석 부리는 쿠츠시타를 아쉬운 눈치로 바라보는 세이 누나. 하지만 그걸 뿌리치고, 아직도 어깨가 축 처진 미카즈치를 무시하고 우리 쪽을 돌아보았다.

"그럼 전위는 마기 씨에 미카즈치. 중위는 윤하고 리리. 후위는 나랑 클로드면 되지?"

"오케이. 보스에게 가기 전에 인챈트를 걸고 가자."

나는 전원에서 원하는 인챈트를 하나씩 걸었다. 세이 누나의 순서가 되어 내가 마법 공격 상승의 MIND 인챈트를 거는 것에 맞춰서 쿠츠시타가 한 차례 크게 울었다.

[야오오옹~~]

"응? 왜 그래?"

"쿠츠시타는 사람을 잘 따르니까. 자, 슬슬 돌아와라."

발치에 달라붙은 쿠츠시타를 안아 든 클로드는 소환석으

로 되돌렸다. 거기에 맞춰서 나나 마기 씨, 리리도 각자의 파트너를 소환석으로 되돌리고 안쪽으로 향했다.

보스의 방까지 가늘고 긴 통로가 이어지고, 그 안쪽에 보스가 있다.

누군가 선객이 있을 경우에는 방금 전의 휴식 공간에서 기다리게 되는데, 이번에는 먼저 복수의 파티가 있었다.

"저건…… 보스와 싸우는 파티와 그걸 구경하는 파티?"

보스 몹인 트윈헤드 샤크를 상대하는 파티는 견실하게 보스를 몰아붙이고 있지만, 관찰하는 파티를 신경 쓰는 기색이었다. 또 관찰하는 파티도 무기를 뽑은 채로 어딘가 살기를 띠고 있었다.

그리고 나는 관찰하는 플레이어 중 하나를 보고 험악한 표정을 했다.

"── 미카즈치, 저 녀석들 중에 내 가게에 온 녀석이 있어."

"알고 있어. [포슈 하운드]의 PK겠지."

전에 [아트리엘]에서 미카즈치의 도움을 받았을 때에 있던 PK 중 한 명이다. 그 상대가 우리의 모습을 보고 이쪽을 돌아보았다.

"너희들?!"

멱살을 잡혔을 때를 떠올리니 몸이 떨렸지만, 세이 누나가 손을 잡아주었기에 진정할 수 있었다. 또 마기 씨와 미카즈치가 나를 숨기는 위치에 섰다.

"칫, 그때 방해했던 여자 플레이어에 [생산 길드]의 길드 마스터인가."

침이라도 내뱉을 기세로 중얼거리는 말에 마기 씨는 밝게 대답했다.

"예이~. 좀 어때?"

"흥! 그야 당연히 최악이지! 너희 입김이 너무 세서 무기나 방어구, 소모품을 제대로 살 수가 없어! 장난치냐!"

"장난치는 게 어느 쪽일까? 길드 권유를 거듭한 끝에 생산직에 대한 악질적인 행위들. 우리에게 불이익을 미치는 PK 길드나 신규 길드에 대해 생산직들이 단결하여 아이템의 공급을 끊었을 뿐이야."

마기 씨, 내가 몸을 숨긴 동안에 그런 일까지 했어?! 그렇게 놀라면서 마기 씨의 든든한 뒷모습을 바라보았다.

"칫, 여기선 물러나자."

나에게 길드 권유를 하였던 리더격의 PK가 투덜거리면서 동료를 데리고 빈 통로 쪽으로 도망쳤다.

"자, 저쪽도 보스와의 전투가 끝난 모양이니까 인사할까."

먼저 보스 트윈헤드 샤크와 싸움을 벌이던 파티는 가볍게 고개를 숙이고 우리와 두어 마디 대화를 나누었다. PK를 쫓아내줘서 고맙다는 말을 들었지만, 나는 딱히 아무것도 한 일이 없이에 멋쩍게 느껴졌다.

"자, 그럼 보스와 붙어보실까."

미카즈치의 말에 재출현한 보스를 향해 무기를 들었다.

두 개의 머리를 가진, 하늘을 나는 상어형 몹. 선제는 세이 누나가 불러낸 수십 개의 〈아쿠아 배럿〉의 일제 사격으로 시작되었다.

전방으로 달려간 마기 씨와 미카즈치가 보스의 정면에 서서 공격을 가했다.

하늘을 헤엄치는 트윈헤드 샤크는 꼬리로 후려치거나 날카로운 이빨로 깨무는 공격을 하지만, 그것들을 피하고 상어의 약점이라는 코를 향해 미카즈치가 찌르기를 날리자 트윈헤드 샤크는 감각기관이 망가진 것처럼 지면에 내려왔다. 그 순간 동체를 노려 두 손의 단검을 휘두르는 리리. 그리고 클로드도 어둠 속성의 공격마법을 날렸다.

"나도 지고 있을 순 없지."

전원이 끊임없는 공격으로 체인을 쌓고 보너스 대미지를 뽑아내는 동안에 나는 조금이라도 보스가 움직일 수 없는 시간을 만든다.

고른 화살은 [수면], [마비]. [기절]의 상태이상을 합성한 화살이었다.

그걸로 상어의 몸을 꿰뚫어서 상태이상을 만들었다.

감각기관의 충격에서 서서히 회복된 상어의 움직임이 다시금 둔해졌다.

이 시점에서 남은 HP가 4할 이후로 내려간 와중에 미카즈치가 전선에서 이탈하기 시작했다.

"뒷일은 맡기지!"

"어이! 미카즈치!"

"윤, 우리가 맡아야 해!"

세이 누나의 다독거림을 들으면서도 고개를 돌려보니, 아까 도망친 PK들이 한 명을 더 데려와서 이쪽을 공격하기 직전이었다.

"참나, 이쪽이 보스랑 전투를 시작하면 뒤에서 공격하다니, 하는 짓이 쪼잔하잖아."

한숨을 내쉬면서 미카즈치와 상대하는 다섯 명의 PK와 한발 떨어진 위치에서 이쪽을 관찰하는 나머지 한 명에게 시선을 떼어 보스 쪽을 보았다.

"여기서 끝내자! 타이밍을 맞춰!"

클로드의 호령에 상태이상에서 거의 회복된 트윈헤드 샤크에게 마지막 공격에 나섰다.

"하압 —— 〈소드 댄스〉!"

"—— 〈위크 메이크〉!"

리리가 단검의 연속 공격 아츠로 체인수를 단숨에 벌고, 클로드가 내가 모르는 암 마법을 구사했다.

거기에 맞춰 검붉은 오라가 트윈헤드 샤크에게 발생했다.

"화 속성이 약점이다!"

"그럼 내 차례네! —— 〈프레임 턴〉!"

마기 씨가 화 속성 무기 강화 마법을 쓰자, 검붉게 깜빡이는 도끼의 금에서 불길이 솟구쳤다.

나는 거기에 맞춰서 새로운 인챈트를 썼다.

"〈엘리먼트 인챈트〉 —— 웨폰!"

선택한 것은 불의 속성석을 소비한 불의 무기 인챈트. 이걸로 마기 씨의 무기에서 나오는 불길이 한층 기세를 더하고, 순간 놀란 마기 씨도 만족스러운 듯이 미소를 지으며 도끼를 쳐들었다.

"이걸로 끝이야!"

터져 나온 불길에 오른쪽 머리가 빨려든 상어는 몸부림쳤고, 오른쪽 머리가 힘없이 처진 가운데 가까이 접근한 마기 씨를 공격하려고 입을 벌린 왼쪽 머리에 얼음창이 꽂혔다.

크게 벌린 입에 꽂힌 몇 개의 얼음덩어리와 몸을 누비듯이 날아간 십여 개의 얼음창. 그것이 결정타가 되어서 트윈 헤드 샤크의 몸은 빛의 입자로 변하여 사라졌다.

평소라면 여기서 기뻐하고 끝이겠지만, 지금은 PK에 대처하러 간 미카즈치가 걱정이었다. 하지만 그것도 기우로 끝났다.

"뭐야? 용감히 되돌아와서 오히려 당하나?"

"제길! 플레인! 이 녀석들을 해치워줘!"

나를 길드 권유했던 PK가 새롭게 늘어난 한 명을 불렀지만, 지금까지 전투에 참가하지 않고 조용히 있던 그 남자가 허리의 세검을 뽑고 성큼성큼 다가왔다.

플레인이라고 불린 남자의 참전에 남은 PK들이 어두운 미소를 띠었지만, 그것은 곧 경악으로 변했다.

"너희 [포슈 하운드]와는 같은 PK 길드니까 서로 일부 협력 관계에 있을 뿐이지, 덜떨어진 너희의 뒤를 닦아주기 위

해 있는 건 아니야. 보기 흉하니까 내 경험치가 되어줄래?"

"뭐?!"

배후에서 아무런 주저도 없이 [포슈 하운드]의 PK를 베어 버리는 남자. 다섯 명이던 PK들이 배후에서의 치명적 일격을 맞고 순식간에 쓰러졌다.

"어이, 미안하군. [포슈 하운드] 놈들이 폐를 끼쳤어. 나는 플레인이다."

방금 전의 학살 따윈 없었던 것처럼 밝게 말을 거는 플레인의 모습에 마기 씨는 상대의 입장을 중얼거렸다.

"—— 또 하나의 PK 길드 [옥염대]의 길드 마스터 플레인."

"음? 알고 있군! 그쪽은 [팔백만]의 길마와 부길마. 그쪽은 [생산 길드]의 세 분이신가. 그리고…… 뭐, 모르겠지만, 저놈들이 집착했으니까 뭔가 있겠지."

PK 길드의 길마라는 사실을 부정하지 않는 모습에 나는 표정을 굳혔다.

방금 전처럼 순식간에 다섯 명을 해치우는 실력을 생각하면 싸우고 싶지 않다.

"가능하면 그냥 눈감아줬으면 싶은데."

"그건 어려운 소리로군."

교섭할 수 없나? 아이템일까, 아니면 길드 권유일까, 복수일까?

"내가 원하는 건 단 하나 —— 고양될 정도로 격렬하고 스릴이 있는 싸움이야! 그러니까 PVP라든가 정해진 루틴

워크 속의 적이 아냐. 진짜 플레이어와의 피가 끓고 살이 튀는 싸움을 하고 싶어! 그러니까 여기선 그냥 넘어갈 수 없지!"

설마 싶은 전투광의 출현에 나는 이제 끝장이라고, 이대로 여기서 쓰러지는 거라고 생각했지만, 뭐, 그렇다고 해도 소지금의 절반을 잃는 것 외에는 달리 문제없을 듯하다…….

"하지만 나 혼자서 여섯 명을 죄다 상대할 수 있다는 생각 같은 건 안 해. 그러니까 여기서 제일 강한 녀석과 싸우면 돌아가지. 그거면 어때?"

"그럼 내가 상대를 하지. 너희는 보고 있어."

"미카즈치……."

"걱정하지 마."

"당신이 없으면 파티의 전위 밸런스가 무너지니까, 지면 돌아가기 힘들어져. 지지 마."

세이 누나……. 그건 배려일까, 아니면 본심? 하지만 그 말에 미카즈치는 쓴웃음을 지을 뿐이었다.

"그럼 시작할까."

"이쪽은 준비됐어."

미카즈치는 자기 키 정도 되는 길이의 봉을. 플레인은 때리면 부러질 것 같은 세검을 들었다.

어느 쪽이 먼저랄 것 없이 순간적으로 거리를 좁혀서 베고 때리기 시작했다. 미카즈치가 찌르기를 날리면 가는 검으로 막고 단숨에 거리를 좁혀서 베고 드는 플레인. 그걸 종이 한 장 차이로 피하면서 봉을 가로로 휘둘렀더니 점프로 그걸 피했다.

수십 번의 응보가 반복되었지만, 서서히 미카즈치가 밀리기 시작했다.

"어이어이, 왜 그러지! 거대 길드의 톱이 이 정도냐!"

"어디에 그런 힘이 있는 거지. 이 괴물아!"

서로 소리치면서 힘을 넣었다.

플레인은 즐거운 듯이 소리치고, 미카즈치는 일격마다 힘겹게 받아내었다.

같은 플레이어지만, 어디에 그런 차이가 있는 걸까. 플레인은 파워도 스피드도 미카즈치를 웃돌았다. 그걸 기술과 리치의 차이로 보완하는 미카즈치. 이런 싸움을 하면 어느 쪽의 무기가 망가질 것 같았다. 그리고 그때가 왔다.

"하압 —— 이런?!"

"끝인가. 아쉽군. 그럼 하다못해 이걸로 끝내주지 ——〈살인(殺刃)〉!"

미카즈치의 봉이 부러지고 무기를 잃었다. 미카즈치보다 내구도가 낮을 것 같은 플레인의 무기가 남아있는 게 신기하지만, 플레인이 사용한 아츠에 불길한 느낌이 들었다.

기둥이 뻗어나온 검은 이펙트가 세검에서 자잘하게 나뉘며 하늘로 사라졌다. 그 상태에서 미카즈치의 목덜미를 노리는 공격에 ——

"〈인챈트〉 —— 스피드!"

"?!"

순간적으로 미카즈치에게 속도 인챈트를 걸어서 아슬아슬하게 피할 수 있게 했다.

미카즈치가 뒤로 쓰러지듯이 피한 아츠는 발동된 상태였고, 칼날 모양 이펙트가 공중에 사라졌다.

"……이걸 피했나."

즐거운 듯이 플레인이 미간에 주름을 만들고 내 쪽을 노려보았다. 직전에 뭔가를 한 건 알고 있다. 두 사람의 싸움에 내가 개입하였다는 것은 이해한다. 하지만 자연스럽게 움직여버렸다.

"크크큭……. 아하하하하 —— 피하나! 필살의 이걸 피하나!"

이마에 손을 대고 이 자리에 울릴 정도의 소리로 웃는 플레인. 어쩌면 두 사람의 싸움에 개입했기 때문에 내가 대상이 될지도 모른다는 공포에 식은땀이 멎지 않았다. 플레인은 즐거운 듯이 낮게 웃었다.

"그래, 그렇군. 이거 [포슈 하운드] 놈들이 집착할 만해. 이거 재미있어! 혼자서 강한 녀석들은 있었지만, 남을 강하게 하다니! 이거라면 여태까지 내게 못 미쳤던 놈들이 날 뛰어넘을지도 모르겠어!"

즐거운 표정으로 날 바라보았지만, 그걸 가로막듯이 미카즈치가 중간에 나섰다.

"이쪽과의 승부는 아직 안 끝났어."

"음? 그랬지. 으음, 그게 빗나갔으면 지금은 이 이상 쓸 수 없으니까. 다음에는 서로 만전인 상태로 또 할까. 그럼 난 이만 가지."

그렇게 말하고 보스방의 유일한 출입구로 걸어가는 플레인. 그리고 떠날 때에 ——

"거기 집착을 산 녀석……. 다음에 만나면 너랑도 붙어보고 싶군."

귀찮은 놈에게 찍혔다. 속으로 그렇게 소리치면서도 항의하며 붙잡을 수도 없어서 나는 그대로 지켜보았다.

그 일격으로 만전이 아니게 된다. 여러모로 의미심장한 소리를 한 플레인과의 만남은 이렇게 끝났다.

종장   의욕과 PVP

 보스를 쓰러뜨리고 PK 플레인과의 만남을 겪은 뒤, 모두가 긴장감을 띤 채로 재빨리 던전을 탈출하였다.

 그리고 최단경로를 이용하여 단시간 만에 지상에 도달한 우리는 해방감에 잠겼다.

 "하아, 지쳤다~."

 그 자리에 비틀비틀 주저앉는 나와 리리. 그리고 쓴웃음을 흘리면서도 마찬가지로 지친 기색인 마기 씨. 클로드와 미카즈치는 뭔가 이야기를 나누고, 세이 누나가 내 옆으로 다가왔다.

 "미안, 왠지 이상한 일이 벌어져서."

 "어쩔 수 없어. 하지만 진짜 너무 정신이 없어……."

 드랍템을 확인할 정신도 없었다. 그리고 나는 별생각 없이 메뉴를 열어서 확인했다가 한숨을 내쉬었다.

 "그렇게 연속으로 레어 드랍이 걸릴 리도 없지."

 "그러고 보면 트윈헤드 샤크를 쓰러뜨렸지. 그 뒤의 전개가 정신없어서 잊고 있었어. 운이 안되면 나도 안되겠네."

 세이 누나가 내 옆에 앉아서 엷은 기대를 담아 보스 드랍템을 확인했다.

 "……!"

 "세이 누나, 왜 그래?"

"……해냈어, 윤! 보스의 레어 드랍! 탐내던 강화소재가 왔어!"

그렇게 말하며 내 머리를 껴안는 세이 누나. 남의 시선이 있는 곳에서 당했기 때문에 창피하지만, 기뻐하는 때에 지적하는 것도 아니라는 생각에 가만히 있었다.

"그래. 리리, 이걸로 이 지팡이를 강화해줄래?"

보기 드물게 흥분한 세이 누나를 내가 한숨과 함께 지켜보자, 대신해서 클로드가 다가왔다.

"윤이 없으면 이 파티는 성립할 수 없었다. 그런 의미로 간접적으로 운을 가져왔다고 할 수 있겠지."

"그런 건 멋없다고, 클로드."

"흥, 알고 있다. 설마 그런 제안을 받을 거라는 생각 않았지만."

그렇게 말하고 미소를 짓더니 마기 씨와 리리 쪽으로 고개를 돌려서 무기 강화에 대해 의논하는 세이 누나를 바라보았다.

"뭐야? 뭔가 꾸미는 거 아닌가 했는데, 역시 무슨 짓 했어?"

"비밀이다."

우리에게 질문하는 미카즈치에게 그렇게 대답했지만, 드랍템을 조작했을 리도 없다.

보스방 앞에서 세이 누나를 위로하기 위해 새끼를 불러냈을 때, 클로드와 행운을 부르는 고양이인 쿠츠시타에게는 세이 누나의 운을 올려달라고 했다. 드랍률을 좌우할지는 모르지만, 보탬이 되기를 바랐을 뿐이다.

그게 영향을 미쳤는지는 모르겠지만, 세이 누나가 보스 드랍템을 손에 넣었으니까 결과적으로 잘 되어서 다행이다.

"그럼 이걸로 해산이군. 애초에 밤도 늦었으니까 나는 이제 로그아웃할게."

그 뒤에 나는 계속 몸을 숨기면서 소생약의 조합에 들어갈 거라고 생각하는데, 생산직을 대표해서 마기 씨가 내게 말을 걸었다.

"윤 군. 이벤트까지는 길드 권유 같은 문제를 죄다 정리하고 대로를 활보할 수 있게 할 테니까 기다려."

"알겠어요. 기대할게요."

그리고 이번에는 세이 누나가 날 불러 세웠다.

"로그아웃할 거면 나한테 조금만 시간 줄래? 그렇게 귀찮게 하진 않을게."

"괜찮아. 무슨 일이야?"

"잠깐 이야기."

후후후 웃는 세이 누나.

그 뒤에 미카즈치와 마기 씨 등과 헤어져서 세이 누나와 함께 온 곳은 제1마을의 포털이었다.

대로를 뚜벅뚜벅 걸으면서 세이 누나가 말을 해왔다.

"윤, 뮤우가 걱정이지?"

"타쿠한테 들었어?"

"응. 풀 죽은 모양이었어. 그러니까 윤도 걱정하지 않을까 싶었어. 하지만 뮤우는 괜찮아. 강한 아이니까."

그렇다면 나한테 말하기보다도 뮤우한테 하는 편이 좋지 않을까 싶으면서도 세이 누나를 따라서 서문을 지나 성문 밖으로 나갔다.

거기는 야간에 PVP 연습이 빈번하게 열리는 장소였다.

그리고 그 중심에 뮤우가 있었다.

복수의 플레이어를 동시에 상대하는 배틀로얄 방식 중에서 열심히 검과 마법을 쓰며 싸우고 있었다.

"아직이야! 이래선! 그 보스에게 멀었어! 다음!"

"그렇다면 나도 상대하지. 서로 실력을 겨루며 레벨을 높일까!"

"예! 타쿠 오빠와의 PVP에서도 이기고 다음에 보스한테도 이길 거예요!"

배틀 로얄 방식의 PVP에서 마지막까지 버틴 뮤우는 숨 쉴 틈 없이 다음 PVP를 시작했다. 그 상대는 타쿠고, 서로 소리 높여 웃지 않을까 싶을 정도의 얼굴로 서로의 무기를 맞부딪쳤다.

고도의 공방이 이어지는 광경을 그저 바라보는 내게 세이 누나가 말을 걸어왔다.

"윤, 이걸 보고도 아직 걱정돼?"

"괜히 걱정했네. 내 기우였어."

그렇게 풀 죽었다 싶더니, 이젠 열심히 레벨을 올리며 전투로 플레이어 스킬을 갈고 닦기 시작했으니까 참 바쁜 동생이다.

그리고 두 사람의 싸움이 끝나고 밤의 평원에 큰대자로 드러누운 두 사람. 그때 쓰러졌던 뮤우와 시선이 마주치자, 뮤우가 큰 소리를 내며 벌떡 일어났다.

"윤 언니에 세이 언니?!"

"흥, 쌩쌩해 보이네. 그럼 나는 슬슬 로그아웃해서 내일 준비를……."

"세이 언니, 윤 언니를 확보!"

"놔줘! 세이 누나!"

옆에 서 있던 세이 누나가 내 팔을 붙잡아서 못 도망치게 했다. 뮤우에게 들킨 시점에서 안 좋은 예감이 들었기 때문에 재빨리 내빼려고 했지만 실패했다.

나를 에워싼 인원에 타쿠가 추가되어 3대1로 포위되어버렸다.

"윤 언니도 그 커다란 강아지랑 싸우러 갈 거니까! 도망치지 말고 강해지자!"

"아니, 커다란 강아지가 아니라 늑대잖아. 그보다 나 같은 건 멤버에서 빼고 더 강한 사람을 고르라고."

슬금슬금 후퇴하려고 했지만, 세이 누나에게 등을 떠밀려서 넘어지려는 때에 뮤우에게 손을 붙잡혔다.

"그러면 가볍게 우리랑 PVP로 특훈이야!"

"자, 윤이 얼마나 싸울 수 있을지 사실은 잘 모르니까. 실

255

력을 구경해보실까."

"그러고 보면 윤은 아까 우리가 모르는 [부가] 스킬을 쓰지 않았어? 그 점을 PVP로 차근차근 들어봐야지."

나는 엄청난 곳에 끌려온 것 같았다.

PVP에서는 만족스럽게 땀을 닦는 뮤우와 즐겁게 나를 몰아붙이는 타쿠. 리리에게 메인 웨폰인 지팡이를 맡겼어도 서브 웨폰으로 나를 압도하는 세이 누나. 이번에는 내가 큰 대 자로 평원에 뻗었다.

이제 움직이기도 힘들지만, 덕분에 공격보다도 회피 등에 관한 센스 레벨이 집중적으로 올랐다.

이렇게 눈에 보이는 형태로 강해지는 것을 실감할 수 있는 건 나쁘지 않다는 느낌이었다.

"그럼 또 하자!"

하지만 두 번 다시 하긴 싫다는 기분도 들어서 로그아웃했다.

머지않은 생산직들의 이벤트. 그리고 발견한 레이드 퀘스트에 대한 준비, 할 일은 끊이지 않아서 즐거울 듯하다.

—— 스테이터스 ——

NAME : 윤
무기 : 검은 소녀의 장궁
부무기 : 마기 씨의 식칼
방어구 : CS No.6 오커 크리에이터 (외투, 속옷, 가슴, 허리)

액세서리 장비 한계 용량 2/10
– 거친 철 반지 (1)
– 대신하는 보석의 반지 (1)

소지 SP 23
[활 Lv36] [장궁 Lv8] [매의 눈 Lv47] [속도 상승 Lv28]
[간파 Lv12] [마법재능 Lv44] [마력 Lv48] [부가술 LV22]
[조약 Lv28] [지 속성 재능 Lv19]

대기
[연금 Lv32] [합성 Lv33] [조금 Lv2] [수영 Lv13]
[생산의 소양 Lv34] [조교 LV8] [언어학 LV18] [요리 Lv26]

상황
– 레이드 퀘스트를 발견했다.
– 생산 길드의 이벤트가 다가왔다.

- PK 플레인에게 찍혔다.

처음이신 분, 오래간만인 분, 안녕하세요. 아로하자초입니다.

이 책을 손에 들어주신 분, 담당 편집자 A 씨, 작품에 멋진 일러스트를 준비해주신 유키상 님, 또 출판 이전부터 인터넷에서 제 작품을 봐주신 분들에게 많은 감사를 보내드립니다.

또 에이지 프리미엄에서 코미컬라이즈판의 온리 센스 온라인이 연재되고 있습니다. 코미컬라이즈판의 작화를 담당해주신 하니 쿠라운 님에게도 깊은 감사를 드립니다.

이번에는 4권과 5권의 상하권 구성이 되어서, 5권으로 이어지는 형태입니다.

Web 소설을 라이트노벨이라는 형태로 재구축한 결과 잘 잘라낸 장면, 수정하거나 새로 넣은 장면 등이 많아져서, 최근에는 꽤나 변질되었구나 싶은 생각에 혼자 시선을 흐립니다.

4권과 5권에서는 플롯 단계에서 어떻게 짜맞출 것인가, 어떻게 살려내는 게 좋은가를 편집자와 의논하면서 고민했던 것이 좋은 추억이 되었습니다. 함께 의논해주셔서 감사합니다.

지난번, 지지난번과 마찬가지로 딱딱한 이야기는 이 정도로 하고, 이번에도 자잘한 이야기를 준비하였습니다. 지난번처럼 게임 이야기입니다.

저는 니코니코 동화의 게임 실황 등을 여러 군데 돌면서 소재를 얻고 있습니다. 그런 저라도 시청한 모든 게임 실황에서 작품에 쓸 소재를 수집할 수 있는 건 아닙니다.

작품에 넣고 싶지만 무리라고 느낀 것 중 하나로 『네크로맨서』라는 게임이 있습니다. 이건 리듬에 맞춰서 조작하는 로그라이크 게임이고, 이 작품에는 BGM에 맞춘 전투의 호쾌함에 장점입니다.

소설에서는 음악이나 BGM의 표현이 어려워서, 리듬은 줄 바꿈 같은 것으로도 독자 전원에게 같은 이미지를 전달할 수 없습니다. 그래서 음악 요소를 넣고 싶지만 무리일 거라고 반쯤 포기하고 있습니다.

다음으로 무리라고 느낀 건 운영 시뮬레이션입니다. 구체적으로는 『심시티』나 『배니쉬드』 같은 게임입니다. 이건 자유롭게 도시를 운영, 발전시키는 게임으로, 플레이어는 소위 신의 시점에서 세계를 조작합니다.

이 운영 시뮬레이션은 목적이 없다는 점에서 온라인 게임에 비슷한 성질을 가졌습니다만, 재시작이나 리셋을 전제로 했기 때문에 그 점에서 넣기 어렵다는 이유가 있습니다. 또 재앙 등의 불확정 요소가 큰 시스템이 있어서, 작중에 등장시킬 경우에는 상당히 시스템을 간략화해야만 합니다. 그런 의미로는 『아트리엘』의 밭은 간략화된 관리 운영 시스템이라고 할 수 있습니다.

그런 느낌으로 여러 게임에서 써먹을 소재를 찾고 있습니다만, 제가 본 실황 동영상은 진짜 일부에 불과하여 세상에는 재미있는 게임이 정말 많이 있습니다. 이걸 기회 삼아서 여태까지와는 다른 게임 장르를 개척해보는 것도 즐겁지 않을까 생각합니다.

앞으로도 저, 아로하자초를 잘 부탁드립니다.
마지막으로 이 책을 손에 들어주신 독자 여러분께 거듭 감사드립니다.
또 여러분과 만날 날을 기대하고 있겠습니다.

2015년 1월 아로하자초

≫ 클로드

무 기	루시프 오브 케이오스
머 리	──
겉 옷	CS No.1 사타닉 카타스토르
속 옷	CS No.1 사타닉 카타스토르
팔	CS No.1 사타닉 카타스토르
가 슴	CS No.1 사타닉 카타스토르
허 리	CS No.1 사타닉 카타스토르

취득 센스

[재봉 Lv17] [피혁 Lv10] [장장(長杖) Lv12]
[재봉 Lv27] [마도] Lv5] [암 속성 재능 Lv29]
[마법 상승 Lv9] [MP 상승 LV28]
[생산의 소양 Lv38] [조교 Lv6]

예비

[지팡이 Lv30] [마력 Lv15]
[마법공격 상승 Lv11]
[마법방어 상승 Lv3]
[영창 단축 Lv7] [합성 Lv7]
[언어학 Lv25]

[재봉]‥‥‥‥ [방직]의 상위 센스. 보다 상위 천으로 천 방어구를 만들 수 있다..
[피혁]‥‥‥‥ [모피]의 상위 센스 보다 상위 가죽으로 가죽 방어구를 만들 수 있다.
[암 속성 재능] 암 속성의 마법을 쓸 수 있게 된다.

›› 리리

무 기	떡잎의 리프 나이프
머 리	——
겉 옷	CS No.2 삼라의 수호자
속 옷	CS No.2 삼라의 수호자
팔	——
가 슴	CS No.2 삼라의 수호자
허 리	CS No.2 삼라의 수호자

취득 센스
[대공 Lv20] [단검 Lv14]
[천옷 Lv21] [마력 Lv51] [물리상승 Lv2]
[준족 Lv2] [생산의 소양 Lv39]
[선제의 소양 Lv22] [급소의 소양 Lv17]
[조교 Lv6]

예비
[도끼 Lv22] [마법재능 Lv10]
[물리공격 상승 Lv6] [물리방어 상승 Lv2]
[덫 해제 LV10]

[대공]·········· [목공]의 상위 센스. 보다 상위의 목재로 나무 제품을 만들 수 있다.
[천옷]·········· 천 방어구의 일종. 로브와는 대조적으로 물리방어면의 보정이 강하다.

≫ 에밀리오

무 기	접합사복의 우로보로스
머 리	파라켈수스의 머리장식
겉 옷	헤르메스의 레플리플레이트
속 옷	─
팔	알케믹 글러브
가 슴	헤르메스의 레플리플레이트
허 리	─
액세서리	대미지 나누기의 가면(1), 페이크 택(1), 광란의 음색(1)

장비 제한 용량 3/ 10

취득 센스

[연금술 Lv12] [합성 Lv48]
[연접검 Lv20] [장검 Lv12]
[물리상승 Lv 16] [마도 Lv7]
[마력 Lv20] [파티 Lv30]
[클랜 Lv3] [지휘향상 Lv24]

예비

[검 Lv30] [채찍 Lv30] [경갑옷 Lv19]
[세공 Lv25] [물리공격 상승 Lv24]
[수집안 Lv34] [속도 상승 Lv20]

[연금술] ……… [연금]의 상위 센스. 보다 고위의 아이템으로 변환이 가능.
[연접검] ……… [검]과 [채찍]의 파생 센스. 양쪽을 일정 레벨까지 올리면 취득 가능. 양쪽의 성질을 갖는다.
[클랜] ……… [파티]의 상위 센스. 보정 효과의 범위가 파티 이외의 아군에게 미치게 된다.
　　　　　　　 일부 센스와 효과 중첩 가능.
[수집안] ……… 채취, 채굴의 숨겨진 포인트 발견에 특화된 센스.

≫ 미카즈치

무 기	[홍염뢰광]
머 리	——
겉 옷	[홍련화화]
속 옷	[전광천조]
팔	[팔지장장]
가 슴	[홍련화화]
허 리	[팔지장장]

취득 센스

[마봉 Lv17] [곤봉 LV47] [마도 Lv7]
[HP 상승 LV38] [물리 상승 Lv26]
[물리공격 상승 Lv24] [준족 LV30]
[클랜 Lv14] [무예자 Lv8]
[전사의 소양 Lv43]

예비

[봉 Lv50] [방패 Lv29] [가죽갑옷 Lv24]
[금속갑옷 Lv39] [화 속성 재능 Lv5]
[마력 Lv17] [물리방어 상승 Lv16]
[마법방어 상승 Lv44] [파티 Lv30]
[장비중량 경감 Lv20] [투척 Lv4]
[무거운 일격 Lv23] [독 내성 Lv17]
[마비 내성 Lv9] [수면 내성 Lv20]
[저주 내성 Lv14] [매료 내성 Lv5]
[혼란 내성 Lv11] [분노 내성 Lv3]

[마봉]·········· 봉 계열 센스의 또 다른 파생 센스. 기본 센스인 [봉]의 강화판.
[곤봉]·········· 봉 계열 센스의 파생 중 하나. 다절곤이나 육절곤 등의 곤봉에 높은 보정을 받는다.
[무예자]········ 아츠 발동 후의 대기 시간을 단축하고 위력에 보정을 받는다.
[가죽갑옷]····· 갑옷 계열 센스의 파생 중 하나. 주로 가죽 계열 갑옷에 높은 보정을 받는다.

Only Sense Online Vol.4
©Aloha Zachou, Yukisan 2015
Edited by FUJIMISHOBO
First published in Japan in 2015 by KADOKAWA CORPORATION, Tokyo.
Korean translation rights arranged with KADOKAWA CORPORATION, Tokyo.

온리 센스 온라인 4

2016년 1월 24일 1판 1쇄 인쇄
2016년 9월 1일 1판 2쇄 발행

저 자 아로하자초
일 러 스 트 유키상
옮 긴 이 한신남
발 행 인 유재옥
담당편집자 김민지
편 집 김민지 김진아 최민성
라이츠담당 오유진
발 행 처 ㈜소미미디어
등 록 제2015-000008호
주 소 서울시 마포구 토정로222, 403호(신수동, 한국출판콘텐츠센터)
판 매 ㈜소미미디어
마 케 팅 한민지
전 화 편집부 (070)4164-3962, 3963 기획실 (02)567-3388
         판매 및 마케팅 (070)4165-6888, Fax (02)322-7665

ISBN 979-11-5710-281-5 04830
ISBN 979-11-5710-083-5 (세트)